HON

Cyhoeddwyd gyntaf yn 2024 gan Honno
D41, Adeilad Hugh Owen, Prifysgol Aberystwyth,
Aberystwyth, Ceredigion, SY23 3DY

www.honno.co.uk

Ceir cofnod catalog o'r llyfr hwn yn y Llyfrgell Brydeinig.
Mae'r cyhoeddwr yn cydnabod
cefnogaeth ariannol Cyngor Llyfrau Cymru.

ISBN: 978-1-91290-594-2
e-lyfr ISBN: 978-1-91290-595-9

Cysodydd a dylunydd: Tanwen Haf/Cyngor Llyfrau Cymru
Argraffwyd: 4Edge

HI HON

Golygwyd gan Catrin Beard ac Esyllt Angharad Lewis

Casgliad o straeon ac ysgrifau gan fenywod
am eu profiadau o fywyd yn y Gymru gyfoes

honno

CYNNWYS

RHAGAIR

CATRIN BEARD ac
ESYLLT ANGHARAD LEWIS

Sut beth yw bod yn fenyw yn yr unfed ganrif ar hugain?

Yn ôl y Swyddfa Ystadegau Gwladol, mae tua miliwn a hanner o fenywod yng Nghymru. Miliwn a hanner o leisiau gwahanol, pob un â'i stori.

Ddwy flynedd yn ôl, penderfynodd gwasg Honno fod angen talu mwy o sylw i straeon menywod yn Gymraeg. Gwahoddwyd rhai o'n hawduron gorau ac estynnwyd galwad agored i holl fenywod Cymru feddwl am y profiad o'u safbwynt nhw.

Ffrwyth y gwahoddiad a'r alwad yw'r gyfrol hon, un ar ddeg o brofiadau gwahanol, ar ffurf straeon, myfyrdodau a darluniau, gan fenywod o bob oed ac o bob rhan o Gymru, yn awduron profiadol a dibrofiad, ac un artist, pob un â rhywbeth i'w ddweud. Yr unig gyfarwyddyd a roddwyd gennym ni'n dwy fel golygyddion oedd eu bod yn mynegi'r profiad o fod yn fenyw yn yr unfed ganrif ar hugain.

Gellir dadlau nad oes unrhyw adeg well yn hanes y byd i fod yn fenyw, o ran hawliau a statws cymdeithasol. Mae hon yn gyfrol sy'n llawn o ryfeddodau profiad sydd ar un olwg yn unigryw i bawb, ond sydd hefyd wedi ei

1

ddiffinio drwy'r oesoedd yn ôl mympwy cymdeithas a'r str-wythurau o'n hamgylch. Mae cymaint o hanes, a disgwyliadau o'r hyn y dylai 'menyw' fod, yn seiliedig i raddau helaeth ar y ddelwedd y mae dynion wedi ei chreu ar ein cyfer. Yn anochel felly, caiff menywod eu gosod mewn cyferbyniad â dynion, a chawn ein diffinio a'n hailddiffinio dro ar ôl tro o fewn y ber-thynas ddeuaidd hon. Gwelir y tensiwn hwn yn y gyfrol, o gariad tyner Jet a Matthieu yn *Oui-Non... Ia-Na* gan Miriam Sautin i feddyliau dialgar Beth yn stori abswrd Nia Morais *Tala Fi*, ac ysgrif feddylgar a sensitif Mabli Siriol am drais yn erbyn menywod.

Ond y tu ôl i'r portreadau sy'n cynnwys dynion, gwelir grym y profiad benywaidd; cariad rhwng menywod; iechyd meddwl; hanesion coll menywod y gorffennol; rhwystredi-gaethau ac euogrwydd mamolaeth; cyd-ddealltwriaeth mam a merch; ac etifeddiaeth mewn perthynas ag argyfwng yr hinsawdd.

I ategu'r straeon a'r myfyrdodau, ceir brasluniau paratoadol o waith Seren Morgan Jones, artist sy'n dathlu gogoniant y corff benywaidd yn hyderus heb ymddiheuro nac esbonio, gyda phortreadau cywrain sy'n edrych yn syth i enaid y gwyliwr. Dyma fenywod sy'n ymhyfrydu'n ddiymdrech yn eu hunaniaeth ac sy'n gyfforddus yn eu crwyn eu hunain, fel pe na bai canrifoedd o droi menywod yn wrthrych chwant mewn paentiadau gan ddynion erioed wedi digwydd. Mae'r menywod hyn yn 'anorffenedig', yn grychau a llinellau i gyd, ac yn codi dau fys ar y syniad o'r wedd fenywaidd berffaith. Mwynhewch eu cwmni wrth bori drwy'r tudalennau.

Mae hwn yn bell o fod yn gasgliad cynhwysfawr – afraid dweud nad yw'n cynrychioli profiad pob menyw yn ei holl ysblander; mae llawer mwy y byddem wedi hoffi ei gynnwys, a phe baem ni'n paratoi cyfrol arall gyda menywod eraill, byddai'n wahanol iawn. Yn wir, nid un gyfrol a ddylai fod gennym, ond degau, gan leisiau cyfarwydd ynghyd ag eraill nad ydym ni'n eu clywed ddigon.

Bu'r profiad o ddarllen y gweithiau a'u trafod gyda'r awduron yn bleser pur. Fel modryb a nith, roedden ni'n dwy'n dod o safbwyntiau a chyd-destun cyfnod gwahanol, a chafwyd sawl trafodaeth ddiddorol wrth i ni ddod i weld pethau drwy lygaid ein gilydd. Roedd cynnal galwad agored i ddenu darnau i'r gyfrol yn gyfle i ddarllen gwaith awduron llai profiadol, newydd i ni. Braf oedd gweld eu hyder yn blodeuo a does dim amheuaeth y daw eu henwau'n gyfarwydd ymhen fawr o dro.

Peth eang, hedegog yw'r profiad benywaidd, a rhywbeth felly yw'r gyfrol waeadog, amrywiol, ddwys a digrif hon, er mai ciplun yn unig a gynigir ynddi o fywyd menywod Cymru. Ein gobaith nawr yw y bydd yn agor cil y drws i alluogi rhagor o ysgrifennu heriol ac amrywiol gan fenywod Cymru o bob oed a chefndir.

BRANWEN

REBECCA THOMAS

'Dwy ynys dda a ddifethwyd o'm hachos i'

Un o ddatganiadau mwyaf trasig a thruenus llenyddiaeth Gymraeg. A pherchennog y geiriau yw un o'i chymeriadau enwocaf. Gwelwn Branwen am y tro cyntaf yn Ail Gainc y Mabinogi – yr ail chwedl mewn cyfres o bedair. Chwedl yw hon am gynghrair wleidyddol drychinebus rhwng Iwerddon ac Ynys y Cedyrn. Daw Matholwch, brenin Iwerddon, i Ynys y Cedyrn i ofyn am gael priodi Branwen, chwaer y cawr-frenin Bendigeidfran. Mae Bendigeidfran yn ddigon parod i gytuno, ond nid pawb sy'n rhannu ei farn. Yn ei dymer drwg nodweddiadol, aiff Efnisien, hanner brawd Branwen a Bendigeidfran, ati i anffurfio ceffylau Matholwch. Er mwyn gwneud yn iawn am y sarhad, mae Bendigeidfran yn cyflwyno cyfres o roddion i frenin Iwerddon, gan gynnwys y Pair Dadeni

4

— pair hudol â'r gallu i atgyfodi'r meirw. I'r darllenydd astud, dyma blannu hedyn trychineb. Â balchder y Gwyddelod wedi ei fodloni, dychwela Matholwch â'i wraig newydd i Iwerddon lle caiff mab ei eni iddynt. Ond yna daw pobl Iwerddon i wybod am anffurfio ceffylau eu brenin. Yn absenoldeb Efnisien, Branwen sydd i ddioddef y gosb. Caiff ei halltudio i'r gegin a'i churo gan y cigydd. Yn ei chaethiwed, mae'n llwyddo i wneud cyfaill o ddrudwy a'i anfon ar draws y môr gyda'r newydd am ei dioddefaint. Mae Bendigeidfran yn ymateb yn ôl y disgwyl: gyda byddin. Mae Efnisien yntau'n ymateb yn ôl y disgwyl hefyd, gan daflu mab Branwen a Matholwch i'r tân. Mewn ychydig o eiriau, dinistr yw'r canlyniad. Gyda'r Pair Dadeni yn eu meddiant, mae gan y Gwyddelod gyflenwad diddiwedd o filwyr. Gan gymryd cyfrifoldeb rhannol (mwy ar hyn isod), mae Efnisien yn penderfynu ei daflu ei hun i'r Pair i'w ddinistrio — gan ei ddinistrio ei hun hefyd. Prin yw'r fuddugoliaeth. Caiff Bendigeidfran ei wenwyno a thorrir ei ben, ac o filwyr Ynys y Cedyrn a aeth i Iwerddon, saith yn unig sy'n dychwelyd. Mae Branwen yn marw o dor calon.

Er mai dim ond mewn dwy lawysgrif ganoloesol y mae'r chwedl yn ymddangos, roedd cymeriad Branwen eisoes wedi gwneud argraff yn y cyfnod hwnnw, a'i henw'n britho ambell destun arall. A chynyddu wnaeth ei henwogrwydd a'i phoblogrwydd gydag amser, nes bod Branwen yn enw cyfarwydd yng Nghymru a thu hwnt. Rwy'n cofio dod ar ei thraws ar sawl gwedd wahanol ar hyd y blynyddoedd — ar ffurf mosaig (prosiect celf) yn yr ysgol gynradd ac i gyfeiliant cerddoriaeth yn sioe gerdd yr ysgol uwchradd. Wrth astudio Lefel A, des i wyneb yn wyneb â'r chwedl Cymraeg Canol am y tro cyntaf. Mae'n amlwg fod y chwedl ganoloesol wedi taro'r nodyn cywir er mwyn ennill y fath anfarwoldeb i'w chymeria-dau. Rhaid bod rhywbeth am stori Branwen sydd wedi sicrhau ei hapêl i gymdeithas, ddoe a heddiw.

Ddegawd wedi i mi sefyll yr arholiad Lefel A, dychwelais at y chwedl mewn seminar gyda myfyrwyr Cymraeg y flwyddyn gyntaf ym Mhrifysgol Caerdydd. Dyma'r testun perffaith i sbarduno trafodaeth ar gymeriadu. Ganrifoedd cyn G. R. R. Martin, roedd awdur(on) Pedair Cainc y Mabinogi wrthi'n procio moesau eu darllenwyr. Yma cawn wledd o ddihirod arwrol ac arwyr drygionus. Ac yn eu canol, Branwen, yr arwres drasig. Ond y tu hwnt i'r penawdau amlwg – hyfforddi'r drudwy a'i marwolaeth o dor calon – prin oeddwn i'n cofio dim am Branwen ei hun. Bendigeidfran oedd canolbwynt y mosaig. A'r cymeriadau gwrywaidd oedd yn mynnu fy sylw yn y sioe gerdd hefyd, efallai oherwydd bod cymaint ohonynt.

Cyrhaeddais y seminar gyda'm bryd ar addurno'r bwrdd gwyn gyda 'mapiau meddwl' lliwgar yn asesu rhinweddau a gweithredoedd pob cymeriad. Wrth reswm, Branwen oedd ar frig fy rhestr. Y man cychwyn wrth greu'r 'map meddwl' oedd nodi pob dim oedd gan y chwedl i'w ddweud am gymeriad Branwen. Un o'r tasgau syml hynny sydd yn dwyllodrus o gymhleth. Oherwydd, o droi nôl at y chwedl, fe'm croesawyd gan ... braidd dim, fel mae'n digwydd. Er ein bod ni'n aml yn cyfeirio at 'chwedl Branwen', nid dyna oedd y teitl gwreiddiol. Noda'r llawysgrif ganoloesol Llyfr Coch Hergest yn syml mai 'dyma yr ail gainc o'r Mabinogi'. O gwilsyn Charlotte Guest, cyfieithydd y Pedair Cainc i'r Saesneg yn y bedwaredd ganrif ar bymtheg, y daw'r teitl 'Branwen ferch Llŷr'. Menyw a ddyrchafodd Branwen i statws prif gymeriad.

Mae angen amynedd ar y darllenydd sy'n mynd i chwilio am Branwen yn y chwedl. Hi yw'r olaf o'r prif gymeriadau i'w chyflwyno; fel menyw yn aros am gydnabyddiaeth yn y gweithle, disgwyl yn yr esgyll y mae Branwen wrth i lu o gymeriadau gwrywaidd llai canolog fynd a dod. Dechreuwn gyda darlun o'r brenin Bendigeidfran yn eistedd yn ei lawn ogoniant cawraidd yn syllu allan ar y môr, a'i frawd, Manawydan, yn gwmni iddo. Yno hefyd mae eu hanner brodyr, a chawn fewnwelediad gweddol fanwl i gymeriadau'r rhain: Nisien, yr un addfwyn, ac Efnisien, yr un rhyfelgar. Nesaf, cawn ddisgrifiad helaeth o'r brodyr yn gwylio llongau yn agosáu. Dyma ni wedi llyncu tudalen cyfan o'r chwedl, a'r bwrdd gwyn yn frawychus o wag o hyd. Roeddwn i wedi bod yn orhyderus wrth ysgrifennu enw Branwen mewn llythrennau mor fras yn y canol. Rwy'n barod i gyfaddef, gyda chywilydd, fy mod wedi fy nhemtio i lenwi'r gwacter gyda sylwadau ar y brodyr. Ond na, rwy'n rhy gyfarwydd â chyrsiau a llyfrau ar hanes a llenyddiaeth ganoloesol sy'n neilltuo un ddarlith neu bennod i fenywod – pob menyw, hynny yw – y cyfnod cyfan (rhyw fil o flynyddoedd), tra'n treulio pedair ar hanes un brenin neu dywysog 'arwyddocaol'. Yn wir, gallaf gyfaddef, dan wrido, fy mod innau wedi traddodi'r fath ddarlithoedd yn y gorffennol. Ond dyma chwedl 'Branwen ferch Llŷr' o bopeth! Roedd gen i ddyletswydd i Charlotte Guest i ddyfalbarhau.

Dychwelwn at y naratif. Daw negesydd i gyflwyno Matholwch, brenin Iwerddon, sydd wedi dod i erchi Branwen ferch Llŷr. O wefus y negesydd cawn gyflwyniad i'r prif gymeriad o'r diwedd! Arhosa Branwen ei hun yn yr esgyll o hyd, ond mae disgrifiad byr i'n diddanu: 'hi oedd y forwyn decaf yn y byd'.

'Hardd'

Nodwedd i'w hychwanegu at y map meddwl! Mae Branwen yn hardd. Ond yng nghyd-destun cynnig sylw ar ymddangosiad menyw, wrth reswm rhaid cael elfen o gystadleuaeth a hierarchaeth. Nid yw'n ddigon fod Branwen yn hardd, rhaid iddi fod yr harddaf oll. Dyw ei statws ddim yn sicr chwaith, ac mae awdur(on) Pedair Cainc y Mabinogi yn anwadal. Mewn strategaeth a fyddai at ddant tabloidau'r unfed ganrif ar hugain, gwobr dros dro yw coron harddwch. Pan gyrhaeddwn y Bedwaredd Gainc, Blodeuwedd yw'r 'forwyn decaf a harddaf a welodd dyn erioed'. I fod yn deg â'r awdur(on), mae Branwen wedi marw o dor calon erbyn hyn – nid cosb am heneiddio neu fagu pwysau yw colli'r goron.

Digon cyfarwydd yw'r obsesiwn gwenwynig hwn â harddwch. Bu blynyddoedd maith o ddylanwad dinistriol ar fy isymwybod tan i mi sylweddoli gwir natur ffilmiau Disney fy mhlentyndod. Brwydr am goron harddwch yw *Snow White*, rhwng y frenhines hŷn sydd wrth reswm yn methu cystadlu gyda'r dywysoges ifanc. Gwelwyd yr un gystadleuaeth ar wedd wahanol yn *Cinderella*: Cinderella (hardd) yn erbyn ei llyschwiorydd (hyll). Ym mhob achos, yr arwres yw'r un hardd. Neu yr un hardd yw'r arwres. Mewn gwirionedd, harddwch yw'r unig rinwedd o bwys wrth sicrhau ei statws. Mae'r teitl *Sleeping Beauty* yn dweud y cyfan. Dyma oedd y neges a osodwyd gerbron merched ifanc. Cawsom ein dysgu mai ein huchelgais oedd bod yn hardd, bod yn atyniadol. Gorau oll pe gallem fod yr harddaf un. Mae'n cymryd amser ac ymdrech i ddad-ddysgu'r fath addysg na ofynnom ni amdani.

Harddwch yw'r rhinwedd sydd i'w thrysori uwchben popeth arall, felly. Mae awdur(on) y Pedair Cainc yn gyson yn hynny o beth. Rydym ni wedi cwrdd â dwy sydd wedi eu bendithio â'r rhinwedd eisoes, ac mae mwy. Yn y Bedwaredd Gainc, Goewin ferch Pebin yw 'morwyn decaf ei hoes'. Wedi cwrdd â Rhiannon yn y Gainc Gyntaf, mae Pwyll yn sylweddoli bod 'wyneb pob morwyn a menyw a welsai erioed yn annymunol o'i gymharu â'i wyneb hi'. Y math o ddatganiad dros ben llestri a gawn yn aml gan ddynion y Pedair Cainc. Gan dynnu'n groes i'w enw, neidia Pwyll yn syth i'r casgliad mai Rhiannon yw'r un iddo fe. Mewn datganiad rhamantaidd ofnadwy, honna mai Rhiannon y byddai'n ei phigo petai ganddo ddewis o holl fenywod y byd. Ceir gwers bwysig yma: harddwch yw'r ffordd at galon dyn. Dyw hi ddim o bwys fod Rhiannon yn glyfar (gymaint yn glyfrach na Pwyll, sydd rywsut yn llwyddo i addo ei wraig newydd yn rhodd i ddyn arall yn ystod eu gwledd briodas) – ei harddwch sydd yn sicrhau ei statws fel gwrthrych serch. A sicrhau ei statws fel gwrthrych serch yw holl bwrpas ei harddwch yn y lle cyntaf. Yn amlach na pheidio, dynion y Pedair Cainc sy'n tynnu ein sylw at harddwch y menywod y dônt ar eu traws, ac sy'n cynnig barn. Mae i'r *male gaze* hanes hir.

Nid yw awdur(on) y Pedair Cainc yn ymhelaethu ar harddwch y menywod dan sylw. Does dim cylchgronau canoloesol wedi goroesi gyda llun o Branwen ar y clawr (wedi ei fireinio trwy Photoshop) yn gwisgo dillad gwerth miliynau, a Q&A oddi mewn yn datgelu manylion deiet, amserlen ymarfer corff a chyfrinachau colur, gan alluogi pob un ohonom i anelu at ei harddwch hi. Ond o ystyried bod Blodeuwedd wedi ei chreu o flodau a bod blodau gwyn yn tyfu lle bynnag y cerddai Olwen (gwobr Culhwch wedi iddo berswadio'r Brenin Arthur a'i farchogion i gwblhau cyfres o dasgau ar ei ran), roedd y safonau'n anghyraeddadwy o uchel. Mae hynny, o leiaf, yn gyson ar hyd yr oesoedd.

Heroin chic is back datganodd y *New York Post* wrth i 2022 dynnu at ei therfyn. Rydym ni wedi bod yma o'r blaen. Teneuwch o'r math oedd yn awgrymu dibyniaeth ar heroin oedd ffasiwn ddinistriol y 1990au. Nid yn unig mae'r safonau yn anghyraeddadwy a pheryglus: maen nhw hefyd yn mynd a dod gyda threigl amser. Newid a wna cyrff y modeli a'r enwogion ar gloriau cylchgronau; newid a wna'r dillad; newid a wna'r deiets a chynlluniau colli pwysau. Gwaith llawn amser yw uchelgais harddwch. O ildio i'r dasg, prin yw'r amser, iechyd, arian, a nerth sydd gan fenyw'n weddill ar gyfer dim arall. Efallai mai dyna'r pwynt.

'Merch, chwaer, gwraig, mam'

Wedi trosglwyddo'r wybodaeth hanfodol ynghylch ei hym-
ddangosiad, ni chawn unrhyw fanylion pellach am gymeriad
na phersonoliaeth Branwen. Cawn ein hatgoffa yn gyson,
fodd bynnag, i bwy mae hi'n perthyn. Mae hi'n 'ferch i frenin
Ynys y Cedyrn', yn chwaer i ddau o'r prif gymeriadau gwr-
ywaidd, ac yn wraig i un arall. Mewn sgwrs rhwng Bendigeid-
fran a negeswyr Matholwch, disgrifir Gwern, mab Branwen a
Matholwch, yn 'fab dy chwaer'. Y *dynion* o'i chwmpas sydd yn
diffinio Branwen. Dyw hi ddim yn fenyw sydd yn cael sefyll ar
ei phen ei hun.

Y dynion o'i chwmpas sydd yn diffinio Branwen. Oherwydd
maen nhw i gyd yn ddynion. Un cymeriad benywaidd arall
sydd yn y chwedl gyfan, sef Cymidei Cymeinfoll. Cymeriad
mewn stori o fewn y chwedl yw hon. Hanes y Pair Dadeni
yw'r stori, ac mae Matholwch yn egluro i Bendigeidfran sut
y daeth Cymidei Cymeinfoll a'i gŵr i Gymru gyda'r pair. Yma
eto, y dynion o'i chwmpas sydd yn diffinio Cymidei Cym-
einfoll, yn llythrennol felly: yn ôl Matholwch, roedd hi ddwy-
waith maint ei gŵr. Un cymeriad benywaidd arall yn y chwedl
gyfan, a honno dim ond yn weladwy i'r darllenydd trwy
ddisgrifiadau'r dynion. Yn debyg i gynhyrchydd sioe banel
ar y teledu, barn awdur(on) yr Ail Gainc yw bod cynnwys un
fenyw yn ddigon i dicio bocs amrywioldeb a chynwysoldeb.
Dim ots fod y pedwar arall ar y panel i gyd yn ddynion gwyn.
Mewn cynadleddau academaidd erbyn hyn mabwysiadwyd y
gair *manel* i ddisgrifio panel heb lais benywaidd o gwbl. Ond
mwy cyffredin efallai yw'r arfer o roi rôl cadeirydd i fenyw –
mae ganddi'r hawl i ddefnyddio ei llais, ond i lywio'r sgwrs o'r
ystlys yn unig. Ffordd o ildio modfedd heb ildio dim mewn
gwirionedd.

Ar yr ystlys y mae Branwen, yn sicr. Byddai modd dadlau
mai dyfais plot yw ei chymeriad, ac mai ei hunig bwrpas yw

i hwyluso gweithredoedd y dynion o'i chwmpas. Dehongliad pryfoclyd, ac efallai braidd yn annheg o eithafol. Oherwydd y mae Branwen yn gweithredu: Branwen sydd yn anfon llythyr at ei brawd trwy'r drudwy; Branwen sydd yn egluro i ddynion Iwerddon mai Bendigeidfran a'i fyddin yw'r ddrychiolaeth a welant ar y gorwel; Branwen sydd yn cynghori Bendigeidfran i dderbyn yr amodau heddwch. Wrth greu tabl o weithredoedd Branwen ac Efnisien ill dau, syndod oedd i'r grŵp seminar ddarganfod mai digon cyfartal yw amser y brawd a'r chwaer wrth y llyw yn y chwedl. Ond nid yw Branwen yn yrrwr mor swnllyd.

'Distaw'

Unwaith y mae rhywun yn sylwi ar ei thawelwch, daw'n fyddarol. Cawn wybod iddi gynghori Bendigeidfran ond ni chawn glywed ei llais. Cawn wybod iddi ysgrifennu llythyr am ei chamdriniaeth yn Iwerddon, ond ni chawn ei ddarllen. Geiriau yw prif arf Branwen, ond prin y clywn hi'n eu defnyddio. Er mwyn pasio'r prawf Bechdel, rhaid i ffilm gynnwys o leiaf ddau gymeriad benywaidd, rhaid i'r ddwy siarad, ac ni all eu sgwrs fod am ddyn. Metha'r chwedl ar y prawf cyntaf, gan nad oes gan Branwen gymeriad benywaidd arall i siarad â hi. Ond hyd yn oed petai'r fath gymeriad yn bodoli, anodd gweld sut y gallai'r chwedl lwyddo gan nad yw Branwen yn cael fawr o gyfle i siarad ei hun.

'Doedd neb wedi gofyn iddi hi,' nododd un o'm myfyrwyr. Sylw sydd yn dal hanfod y chwedl i'r dim: ni holodd neb am farn Branwen ynghylch priodi. Matholwch a Bendigeidfran piau'r drafodaeth a'r penderfyniad. Caiff Branwen ei phasio rhyngddynt, yn wrthrych ychwanegol i drysordy brenin Iwerddon ynghyd â phlât aur, gwialen arian a'r Pair Dadeni. Yn y gwleddoedd a ddilyn, eistedda Branwen wrth ymyl Matholwch. Gallwn ddychmygu iddynt sgwrsio, ond dychmygu

yn unig. Matholwch a Bendigeidfran piau'r geiriau yn y golyg-
feydd hyn.

Y Gymru ganoloesol a welwn yma, wrth gwrs. Dyma gym-
deithas go wahanol i'r Gymru fodern, cymdeithas lle roedd
gan fenywod rôl benodol a hawliau cyfyngedig. Ond mae
ymdriniaeth y chwedl â llais menyw yn croesi ffiniau amser.
Oherwydd nid yw'r chwedl yn gwadu bod gan Branwen lais –
yn wir, anodd fyddai cynnal llinyn naratif Ail Gainc y Mabinogi
heb ei llais. Ond mae hyn yn ddigon. Mae'n ddigon i ni wybod
bod ganddi lais. Prin fod rhaid i ni ei glywed.

Roedd trafod distawrwydd Branwen yn corddi atgof. Rai
blynyddoedd yn ôl, wnes i fynychu sesiwn bwrdd crwn ar
brofiadau menywod ym maes astudiaethau Celtaidd, mewn
prifysgolion a thu hwnt. Anffodus oedd lleoliad y sesiwn, a
dweud y lleiaf. Ystafell cyngor prifysgol wedi ei haddurno â
lluniau o'i chyn-bwysigion. Y rhan fwyaf ohonynt yn ddynion.
Roedd eironi yma, a thyndra hefyd. Oherwydd holl bwynt y
sesiwn oedd rhoi llais i fenywod. Ond wrth edrych o gwmpas
yr ystafell, rhaid oedd amau gwerth hynny. Ystafell o fenywod
(gan fwyaf) oedd yn trafod sut i wella profiadau menywod yn
yr academi, o dan oruchwyliaeth portreadau a ddangosai pwy
oedd â'r pŵer go iawn.

Sedd wrth y bwrdd yw diwedd y frwydr, wedi'r cyfan. Hap
a damwain yw bod y sedd simsan ym mhen pella'r ystafell, ger
y drws. Does neb yn ei hatal rhag lleisio barn – ei diffyg hyder
hi sydd ar fai. Ac mae'n rhaid i rywun gymryd cofnodion.

'Euog'

Cawn glywed Branwen yn achlysurol, beth bynnag: 'dwy ynys
dda a ddifethwyd o'm hachos i'. Mae'n ei dedfrydu ei hun i far-
wolaeth am ei phechodau. Anghyfiawnder o'r radd flaenaf ym
marn y rheithgor o fyfyrwyr. Bu cryn dipyn o ddadlau ymysg
y myfyrwyr ynghylch pwy oedd yn gyfrifol am y dinistr yn

Iwerddon. Efnisien. Bendigeidfran. Matholwch. Ond doedd enw Branwen ddim ar wefus yr un ohonynt. Rhyw gyfuniad o bob un o'r prif gymeriadau gwrywaidd oedd y consenews. Eto i gyd, Branwen sy'n cymryd cyfrifoldeb am weithredoedd y dynion.

A bod yn deg, mae un ohonynt yn cyfaddef ei euogrwydd. Wrth wylio'r lladdfa, dywed Efnisien: 'gwae fi fy mod yn achos y pentwr hwn o wŷr meirw Ynys y Cedyrn'. Nid bod neb yn clywed y datganiad o euogrwydd, sy'n digwydd 'yn ei feddwl'. Sgwrs fewnol rhyngddo fe a'i gydwybod yw'r cyfaddefiad. Nid felly ddatganiad Branwen: dyma gyhoeddi ei heuogrwydd i feirniadaeth pob un sy'n dal yn fyw. Eironi o'r radd flaenaf. Caiff y fenyw sydd wedi bod yn ddistaw am y rhan fwyaf o'r chwedl ddefnyddio ei llais o'r diwedd – i gymryd cyfrifoldeb cyhoeddus am ddinistr nad oedd yn ddim o'i gwaith hi mewn gwirionedd. A'r cymeriad swnllyd, yr un sydd wedi defnyddio ei lais bob cyfle posib at ddiben difrod? Tawelwch. Digon i ni wybod bod Efnisien yn teimlo'n euog. Does dim rhaid i neb arall glywed.

Mae ar awdur(on) Pedair Cainc y Mabinogi chwant i weld menywod yn dioddef yn gyhoeddus. Nid i dystio i gywilydd Branwen yn unig y cawn sedd yn y rhes flaen. Yn y Gainc Gyntaf, caiff Rhiannon ei chyhuddo ar gam o ladd ei mab. Ei chosb? Aros ger y porth a chynnig cludo pob ymwelydd i'r llys ar ei chefn. Ond yn fwy arwyddocaol, efallai: rhaid iddi leisio ei heuogrwydd wrth bob un ohonynt. Fersiwn canoloesol o'r tabloidau a'r cyfryngau cymdeithasol. Gallwn ddychmygu'r newyddion am ei throsedd yn cyrraedd pob cwr o'r deyrnas, a phob unigolyn yn cynnig barn ar ei chywilydd. Gallwn ddychmygu papur newydd yn comisiynu barn dyn dewr di-flewyn-ar-dafod ar y pwnc – barn amhrisiadwy y mae'n rhaid ei rhannu er lles y cyhoedd, i feddwl (a phocedi) y golygydd. Gallwn ddychmygu'r fath ddyn yn glafoerio dros ei fysellfwrdd wrth ddychmygu ei chosb. Gallwn ddychmygu eraill yn ategu ei sylwadau ar-lein, a phob un yn gwylio cwymp y fenyw gyda diddordeb afiach. Yn achos Rhiannon, mae'r cwymp yn un sy'n digwydd o uchder. Dyma fenyw sydd wedi cyfarwyddo digwyddiadau'r chwedl gyda chraffter. Dyma fenyw sydd gymaint yn fwy cymwys i'r goron na'i gŵr. Dyma fenyw sydd, wrth reswm, yn hardd dros ben. Y fenyw a gaiff ei dyrchafu gan y cyfryngau i dir uwch na'i chyfoedion. Y fenyw sy'n cynnig diffiniad corfforol o berffeithrwydd. Tan nad yw'n berffaith bellach. Wedyn does dim trugaredd.

Mae gan fenywod sedd wrth y bwrdd, wedi'r cyfan. Arnyn nhw mae'r bai os syrthia'r sedd simsan oddi tanynt. Ni allant feio'r byd am droi i edrych.

'Dioddefwr'

Ond mae Branwen hefyd yn wahanol. Er gwaethaf ei datganiad cyhoeddus o euogrwydd, anodd yw dychmygu'r un gwylltineb cyfryngol yn adrodd pob manylyn o'i chwymp. Mae'n debyg mai canolbwyntio ar ei dioddefaint fyddai strategaeth y tabloidau a'r sylwebwyr ar-lein. Ac yn wir, mae dioddefaint Branwen yn rhan annatod o'r chwedl sydd wedi cydio yn nychymyg cymdeithas ar hyd y canrifoedd. Tair blynedd o gamdriniaeth wrth law'r cigydd; llofruddiaeth ei mab... Efallai mai dyma'r cymeriad y cydymdeimlwn fwyaf â hi mewn chwedloniaeth Gymraeg.

Eto, mae rhywbeth anghyfforddus am hynny, oherwydd nid yw dioddefaint Branwen yn unigryw o bell ffordd. Ei hymateb sydd yn ennyn mwy o gydymdeimlad. Branwen yw'r dioddefwr perffaith. I adleisio sylw'r myfyriwr: doedd neb wedi gofyn iddi hi. Cyflawnodd ei dyletswydd a chysgu gyda Matholwch heb brotest. Nid hi oedd yn gyfrifol am gythruddo dynion Iwerddon – ar Efnisien yr oedd y bai am hynny. Er gwaethaf yr annhegwch, derbyniodd ei chosb gydag urddas, heb unwaith golli rheolaeth dros ei hemosiynau a'i thymer. Treuliodd y tair blynedd o gaethiwed yn gynhyrchiol. Roedd hi'n lwcus fod ganddi gawr o frawd gerllaw, ond ei chraffter hi piau'r clod am gael y neges ato. A phan ddaeth Bendigeidfran, ei gynghori i gyfaddawdu a wnaeth Branwen, nid dial. Yn y pen draw, wrth gwrs, camodd i'r adwy a chymryd cyfrifoldeb am y dinistr, a hynny'n gwbl wirfoddol. Trwy ei marwolaeth o dor calon, gwelwn ddiffuantrwydd ei heuogrwydd.

Prin y gallai Branwen fod wedi ymddwyn mewn ffordd fwy perffaith. Rydym yn cydymdeimlo'n hawdd. Ydyn ni'n teimlo'r un cydymdeimlad ag Arianrhod a Blodeuwedd yn y Bedwaredd Gainc? Dyma ddau gymeriad drygionus. Mae Arianrhod yn gosod melltith ar ei mab; cynllunia Blodeuwedd i ladd ei gŵr. Mae'r ddwy'n ddioddefwyr. Caiff Arianrhod ei gorfodi i roi genedigaeth; caiff Blodeuwedd ei chreu er pleser dyn. Ond gwelir y ddwy'n ymateb i'w sefyllfaoedd gyda dicter neu drais. Ni chawn yma lonyddwch goddefol Branwen.

Dim ond cerdded adref roedd hi. Deilliodd y pennawd o fwriad da. Ni ddylai unrhyw fenyw deimlo peryg wrth wneud rhywbeth mor syml â cherdded adref. Ond mae yna islais annifyr yma. Oherwydd ni ddylai unrhyw fenyw deimlo peryg mewn unrhyw gyd-destun. Ni ddylai unrhyw fenyw deimlo peryg wrth yfed ar ei phen ei hun mewn tafarn. Ni ddylai unrhyw fenyw deimlo peryg wrth adael clwb nos yn feddw am dri o'r gloch y bore. Ni ddylai unrhyw fenyw deimlo peryg wrth weithio yn y diwydiant rhyw. Does dim esgusodi trais gan ddynion yn erbyn menywod. Eto i gyd, mae *dim ond cerdded adref roedd hi* yn taro nodyn. Oherwydd mae'n haws i gymdeithas gydymdeimlo gyda menyw sydd yn oddefol, menyw sydd ddim wedi ei gosod ei hun mewn sefyllfa 'beryglus', menyw sydd ddim yn gwneud dim o'i le. Mae'n haws i gymdeithas gydymdeimlo gyda menyw sydd yn ymateb i galedi gydag 'urddas'. Mae'n haws i gymdeithas gydymdeimlo gyda menyw nad yw'n codi ei llais. Haws teimlo trueni dros Branwen na Blodeuwedd.

* * *

Mae'r map meddwl yn llawnach o dipyn erbyn hyn. Pwy ddywedodd mai lle dieithr yw'r gorffennol?

Y GEIRIAU NAD OEDDWN I'N EU GWYBOD

MANON
STEFFAN ROS

Fy mwriad oedd sgwennu ffuglen. Stori fer am y profiad o fod yn ddynes yn y Gymru fodern, efallai'n seiliedig ar un o'n hen chwedlau, ac yn cynnwys, gobeithio, ambell drosiad bachog a chymeriadau difyr, cymhleth. Byddai neges y stori rywbeth yn debyg i hyn: os ydych chi'n meddwl bod bywydau merched wedi newid gymaint â hynny ers dyddiau Branwen a'r dynion oedd yn llywio trywydd ei bywyd, mae'n werth i chi ailfeddwl. Cydradd-oldeb i ferched yn y Gymru fodern? Ha! Dim ond ar y lefel fwyaf arwynebol.

Ond er treulio oriau yn syllu ar sgrin wag, mae Branwen yn gwrthod dod, a Blodeuwedd yn gwbl fud. Does gan Olwen ddim byd i'w ddweud, ac mae Rhiannon wedi diflannu'n llwyr. Y mwya dwi'n trio dod o hyd i lais rhywun arall, yr uchaf mae fy llais fy hun yn swnio yn

18

fy mhen. Pam rydw i'n mynnu defnyddio stori dynes arall i adrodd ar bwnc sy'n gofyn am wirionedd, gonestrwydd, ac o fy safbwynt i, ffaith yn lle ffuglen am unwaith?

Dechreuais gasglu geiriau yn lle hen gymeriadau.

Mae geiriau sy'n aml yn cyd-fynd gyda merched yn adrodd eu profiadau yn gyfarwydd i mi yn Saesneg, ac er na sylwais i cyn hyn, roedd y geiriau Cymraeg i ddisgrifio'r un profiadau naill ai'n anghyfarwydd i mi, neu doedden nhw ddim yn bodoli o gwbl. Mentraf i ddweud nad tuedd ynof fy hun tuag at y Saesneg sy'n gyfrifol am hyn – dydw i ddim yn meddwl bod y tuedd yna'n bodoli, ac, fel rheol, chwilio am y geiriau Saesneg fydda i mewn geiriaduron, nid y rhai Cymraeg. Beth ydy'r gair Cymraeg am *misogyny*? Sut bydd rhywun yn disgrifio *fatphobia* yn Gymraeg? Pam rydw i wedi clywed *intersectionality* yn cael ei drafod droeon, ond nad oeddwn i'n gwybod mai gair fy mamiaith am hynny ydi croestoriadedd?

Fe gewch ddod i'ch casgliadau eich hunain am y rhesymau dros absenoldeb y geiriau hyn yn yr ymwybyddiaeth Gymraeg. Yn bersonol, rydw i'n credu ei fod yn arwydd o'r holl hanesion nas dywedir, yr holl drafodaethau y mae angen eu cael o fewn cyd-destun Cymraeg.

Does gen i ddim stori daclus i chi, yn llawn cynildeb a disgrifiadau hardd. Efallai fod hynny i ddod eto, ond cyn i mi adrodd stori, mae angen i mi berchnogi'r geiriau.

Ymreolaeth Gorfforol
(Body Autonomy)

Ro'n i mewn dinas. Roedd hynny, ynddo'i hun, yn wefr, a minnau'n adnabod y ddinas hon yn well na'r un arall, yn teimlo bron iawn yn gartrefol ar ei strydoedd llwydion prysur ac ar hyd y llwybrau concrit cul tu ôl i'r tai. Yn ôl adref yng nghôl ein pentref gofalgar, annwyl ni, doedd dim graffiti, dim twrw aflafar o dai'r cymdogion, dim hogiau ifanc ar gefn beics yn reidio'n beryglus o agos at y cerddwyr ar hyd y palment-ydd wrth drio codi ofn ar bobol. Ro'n i wrth fy modd yno. Mae rhywbeth yn gynhenid gyffrous am fywyd dinesig, neu felly roedd hi'n teimlo i mi, amser maith yn ôl.

Mae'r stori hon yn cychwyn gyda fi'n torri'r rheolau.

Ro'n i wedi cael fy ngadael yn y tŷ ar fy mhen fy hun, ar yr amod y byddwn i'n gwneud fel roeddwn i wedi addo ac yn aros y tu ôl i ddrysau cloëdig, ddim yn ateb y drws i unrhyw un. Fi oedd wedi mynnu, am 'mod i am gael amser ar fy mhen fy hun gyda fy llyfr newydd. A beth bynnag, ro'n i'n blentyn ufudd – do'n i byth yn mynd i gamfihafio a mynd i grwydro neu roi'r tŷ ar dân.

Ond ro'n i'n fwy cyfrwys nag oedd yr oedolion yn ei wybod.

Gwyddwn fod 'na siop Kwiks ryw ddeng munud o'r tŷ, ac y gallwn gerdded yno, gwario cwpl o bunnoedd o mhres pen-blwydd, a dod yn ôl ymhell cyn i unrhyw un gyrraedd adref. Er mor reddfol ufudd oeddwn i, yn ysu'n fwy na dim i blesio, doedd dim a allai fynd o'i le gyda'r cynllun yma. Pa bynnag sothach a brynwn, gallwn ei fwyta ar y ffordd yn ôl, a chael gwared ar y dystiolaeth yn y bin ar waelod y stryd. Doedd neb yn mynd i wybod. Byddwn i'n dal yn hogan dda yn llygaid pawb, a dim ond fi fyddai'n gwybod am y daith anturus i brynu'r mathau o bethau oedd yn gwbl waharddedig yn fy myd bach i.

Ro'n i tua wyth oed.

Ac felly i ffwrdd â fi, ar fy mhen fy hun bach, i lawr y stryd ac yna ar hyd y llwybr oedd yn arwain at y lôn fawr. Roedd hi *yn* lôn fawr hefyd, dwy res o draffig i bob cyfeiriad, a digon o geir a goleuadau traffig i sicrhau nad oedd unrhyw gar yn medru gyrru'n rhy gyflym y ffordd hyn. Heibio'r *off licence* a'r siop jips, yr iard lwyd oedd yn arddangos cerrig beddi, pob un yn foel ac yn aros yn amyneddgar am enw.

Roedd fy meddwl i'n llawn blasau.

Mars bars a crisps *prawn cocktail, bakewell tart* ac un o'r bagiau mawr hynny oedd yn llawn o gnau hallt wedi eu rhostio. Ro'n i wedi cael fy nghinio ac wedi ei fwynhau a'i fwyta bob tamaid, ond rywsut, roedd 'na wastad fwy o le y tu mewn i mi am fwyd sothach. Gwyddwn yn iawn am beryglon braster a siwgr, ac am bwerau maethlon yr holl ffrwythau a llysiau oedd ar gael o hyd i mi – ond roedd 'na gyffro gwefreiddiol, arbennig am y bwyd afiach, bendigedig oedd yn aros amdana i yn Kwiks.

Roedd fy meddwl i eisoes yn paratoi am y llif o hormonau hyfryd a ddeuai yn sgil y wledd. Do'n i ddim yn canolbwyntio ar y ceir oedd yn pasio, pedair rhes ohonyn nhw'n araf grwydro at y goleuadau traffig ar ben y lôn. Do'n i'n hidio dim am y glaw, na'r ffaith 'mod i'n torri'r rheolau drwy fod allan ar fy mhen fy hun, nac am y dyn oedd yn cerdded tuag ata i. Dim tan iddo lamu i fy llwybr i ar y pafin, ac ymestyn ei law fawr i gydio yn nhop fy nghoes i, a gwasgu fy nghnawd i'n dynn.

Edrychais i fyny arno mewn syndod llwyr (a meddwl yn syth, *Mae o'r un ffunud â'r boi drwg o ffilm Charlie and the Chocolate Factory*). Agorodd y dyn ei geg yn llydan – yn rhyfedd o lydan – a chwarddodd, ddim yn gall, wrth ei fodd yn gwelded yr hogan fach dan ei grafangau mewn sioc ddiymadferth.

Plannodd ei fysedd yn ddigon dyfn i'm coes i frifo, cyn gollwng gafael a chario mlaen i gerdded, wedi ei ddigoni gan y syndod oedd yn fy llygaid. Edrychais yn ôl arno, fy nghalon i'n uwch na'r ddinas yn fy nghlustiau, a'i weld o'n edrych yn ôl arna i wrth gerdded i ffwrdd, yn chwerthin llond ei fol.

Wnaeth na'r un o'r ceir stopio. Mae'n rhaid fod 'na ddegau o bobol wedi gweld y dyn yn cydio ynof fi – llusgo'n dawel heibio yr oedd y traffig yn y fan honno – ond aros yn eu ceir wnaeth pob un, ar eu ffordd i rywle. Petai o wedi trio 'nghipio i, efallai y byddai 'na rywun wedi stopio. Efallai petai'r cyffyrddiad wedi bod yn fwy amlwg rywiol ei natur, byddai rhywun wedi trafferthu agor ffenest i weiddi rhywbeth. Ond na. Ac am fod pawb arall yn ymddwyn fel petai hyn yn normal, fe ddois innau i'r casgliad mai fel hyn roedd pethau, mae'n rhaid. Ro'n i'n crynu, ond fe gariais i mlaen i Kwiks, a chwblhau fy nhasg dwyllodrus, a bwyta wrth gerdded yn ôl, a phlannu'r dystiolaeth yng nghrombil y bin sbwriel. Ro'n i nôl yn y tŷ ymhen ugain munud, fy mol i'n troi efo siwgr ac ofn, ac erbyn i 'nheulu ddychwelyd adref, roeddwn i wedi dych- welyd i'r union fan ble gadawyd fi, fy llyfr yn agored o mlaen a gwên barod ar fy wyneb. Wnes i ddim dweud wrthyn nhw erioed. Er cymaint o nosweithiau y bûm i'n gorwedd yn effro, yn meddwl am y dyn yna a'i chwerthiniad cegagored rhyfedd, dewisais beidio dweud am mai *fi* oedd wedi torri'r rheolau. Arna i oedd y bai.

Hyd yn oed rŵan, dros ddeng mlynedd ar hugain yn ddi- weddarach, dwi'n cofio teimlad bysedd y dyn yna ar fy nghoes wyth oed, ac yn dal i frwydro yn erbyn fy ngreddf i sgwennu yma mai rhyw hen hanes-dim-byd ydi hwn. Fod 'na gymaint o bobol wedi dioddef cymaint gwaeth, a bod yn rhaid i mi gofio mor fendithiol o saff a hapus oeddwn i'n blentyn. Ac mae'r pethau hynny'n berffaith wir, ond beth sydd hefyd yn wir ydi bod angen rhoi'r gorau i esgusodi hyd yn oed y pethau bychain sy'n ein dychryn neu'n ein brifo ni.

Mae pob digwyddiad yn sefydlu ffiniau'r byd o'n cwmpas.

Tewgasineb (Fatphobia)

Ddyddiau'n unig ar ôl geni plentyn. Roedd o'n berffaith, a minnau wedi gwirioni 'mhen ar bob un rhan ohono, pob symudiad roedd o'n ei wneud, y ffordd roedd ei gorff bach o'n dal i ffitio mor berffaith gyda f'un i ag roedd o wedi'i wneud cyn ei eni. Ar ôl misoedd o bryder, cyrhaeddodd hwn yn ddidrafferth, yn swp bendigedig, hoffus, hawdd – hawdd ei eni, hawdd ei drin, hawdd ei fwydo. Ro'n innau, hefyd, wedi cyrraedd cyflwr hyfryd o fodlonrwydd, heb ddioddef dim o'r digalondid ôl-eni y bûm i'n hanner ei ofni.

Rhedais fath i mi fy hun.

Roedd fy nghorff i'n dal i fendio ar ôl yr enedigaeth, ond ro'n i *yn* mendio, yn sydyn, a'r bath dyddiol yn helpu. Gorweddais yn ôl yn y dŵr, yn ochneidio gyda rhyddhad y dŵr poeth o'm cwmpas i gyd. Ac yna, edrychais i lawr ar fy nghorff.

Ro'n i'n meddwl 'mod i'n ffiaidd.

Fy mol yn dal yn fawr, a streipiau cochion blin yn cyrraedd yn uwch na 'motwm bol ble roedd y croen wedi ei ymestyn yn dynn o gwmpas fy mabi. Cnawd gwelw, crynedig ym mhob man yr edrychwn.

Roedd 'na ormod ohona i, ac ro'n i'n casáu fy nghorff.

Fy nghorff, oedd newydd greu a geni'r bod mwyaf gwerthfawr yn y byd – wedi creu esgyrn o ddim byd, bron, wedi ffurfio cyhyrau a chig a gwaed a chnawd heb unrhyw ymdrech gen i. Wedi creu lliw ei lygaid o, a chalon oedd yn gwybod i guro, a rywsut – Mam bach! Sut?! – wedi creu bywyd i lenwi'r corff bach newydd sbon yma. Bellach, roedd fy nghorff yn creu'r holl faeth roedd ei angen ar y babi i'w gynnal ac i alluogi iddo dyfu. Yn llythrennol, yr unig beth roedd ei angen ar y bychan i aros yn fyw yn y chwe mis cyntaf yna oedd fy nghorff i. Ac eto, ro'n i'n barnu'r union gorff yna mor hallt.

Edrychais arnaf fy hun yn y bath, a chrio.

* * *

Ro'n i'n arfer cario mwy o bwysau. Mae'n debyg y byddwn i wedi bod yn y categori *obese* taswn i wedi bod yn ddigon dewr i deipio'r rhifau priodol i mewn i raglen cyfrifo BMI. O'r adeg ro'n i oddeutu pedair ar ddeg hyd nes roeddwn i'n ddeg ar hugain, brwydrwn gyda'm pwysau. Neu, efallai nad ydy hynny'n gwbl gywir, gan mai colli'r frwydr roeddwn i o hyd, byth cweit yn dechrau'r deiat.

Dwi'n cofio pob gair a ddywedwyd wrtha i erioed am fy mhwysau. Pob un. Mae 'na eiriau cymaint pwysicach, gymaint yn ffeindiach, a chymaint yn fwy creulon hefyd wedi eu dweud wrtha i am fy ngwaith neu 'nghymwynas neu 'nghymeriad, ond mae'r rheiny'n tueddu i gael eu hanghofio – does 'na ddim lle i bob dim yn fy meddwl i.

'Ti 'di mynd yn fawr. Yn fawr **iawn**, a dweud y gwir.'

'Dwi'n **licio** merchaid mwy, eniwe.'

'Ma'n bril y ffordd ti'm yn malio am sut ti'n edrach a jest yn byta be tisho!'

Ac un, sy'n atgof arbennig o finiog, ar ôl clywed rhywun yn dweud y peth caredicaf y gall unrhyw un ei ddweud wrtha i, sef fy nghymharu gyda fy niweddar, annwyl, wych fam – *'She's like her mother? But I thought her mother was thin...'*

Fe gollais lawer o bwysau yn wirion o sydyn rhwng y Pasg a'r haf ryw flwyddyn ddigalon, gan newynu 'nghorff nes oeddwn i'n wan, gan achosi poenau bol ganol nos oedd yn ddigon i wneud i mi gyrlio ar lawr yr ystafell ymolchi mewn poen. Ond fedrwn i ddim rhoi'r gorau i'r deiat, achos ro'n i wedi dod yn ddigon pell i weld, gydag eglurder afiach, fod y byd yn trin merched tew yn hollol wahanol i'r ffordd mae o'n trin merched tenau.

Wrth i'r pwysau ddisgyn oddi arna i, ro'n i'n teimlo fel petawn yn atgyfodi.

Roedd pobol yn fy ngweld i!

Yn gwenu arna i pan o'n i'n siopa am lysiau yn y farchnad. Yn cynnig i mi fynd yn gyntaf pan oeddwn i'n ciwio i dalu am betrol yn y garej. Roedd mwy o bobol eisiau bod yn ffrind i mi, mwy o bobol yn fy ngwahodd i draw am goffi neu am noson allan. Doedd hyn ddim am atyniad rhywiol – roedd pob math o bobol, o bob oed a chefndir, yn fy nhrin i'n hollol wahanol am 'mod i'n denau. Ro'n i wedi bod yn anweledig, a bellach, ro'n i'n cael fy ngweld.

Mae'r pwysau yna wedi ei adennill a'i golli eto sawl tro ers hynny, a minnau'n sylwi bob amser ar y gwahaniaeth cymdeithasol yn dibynnu ar fy mhwysau. Awgrymodd ambell un mai *fi* sydd wedi newid, ac nid y lleill – 'mod i'n fwy hyderus, ac mai hynny sy'n denu pobol i fod yn fwy cyfeillgar. Rhyfedd fel y bydd pobol mor barod i ddweud fod merched yn camddeall patrwm eu bywydau eu hunain pan fo'r patrymau hynny'n rhai sy'n datgelu gwirionedd anghyfforddus am ein cymdeithas ni. Dydw i ddim yn dwp. Rydw i'n byw yn y corff yma ers deugain mlynedd – mi wn yn iawn pam bod fy mhwysau i, fel menyw, yn dal rhyw werth cymdeithasol, gwirion.

Mae rhai, hefyd, wedi dweud yn blwmp ac yn blaen nad ydy *fatphobia* yn bodoli. Mae unrhyw sylwadau am bwysau neu dewdra yn dod o le gofalgar, pryderus – maen nhw'n poeni am effaith tewdra ar iechyd. Ond pam felly ro'n i'n cael sylwadau negyddol cyson am fy nhewdra, ond yn cael fy nghanmol a'm clodfori am golli tair stôn mewn tri mis? Pam roedd y BMI uchel yn cael cymaint mwy o sylw negyddol na'r BMI isel? A pham, pan benderfynodd cyfeilles siarad gyda mi am y colli pwysau sydyn, afiach a'm gadawodd i'n hagr ac yn wan, iddi ddweud, '*I'm worried about you. You've lost too much weight, too quickly. I mean, obviously, you look great now...*'

Rydw i'n gorfod fy atgoffa fy hun yn gyson nad ydy bwyd yn cario unrhyw werth moesol. Byth. Waeth os ydw i'n cael McDonalds, neu ar ddeiat i ffitio i mewn i ffrog newydd, neu os ydw i'n bwyta er mwyn trio gwella'r cydbwysedd o facteria o fewn fy nghylla – does dim o'r pethau hyn yn fy ngwneud i'n well nac yn waeth nag unrhyw un arall.

Dydy hyn ddim am bwysau'n unig. Mae diwydiannau sy'n werth miliynau ar filiynau o bunnoedd wedi eu hadeiladu ar harddwch – neu, i fod yn fanwl gywir, fersiwn drud, anghenus o harddwch sy'n amhosib ei gyrraedd. Efallai ei bod yn fwy cywir i ddweud fod y diwydiannau hyn wedi eu hadeiladu ar ansicrwydd, ac i drio cofio o hyd fod 'na lif cyson o hysbysebu clyfar sy'n gwneud arian da o fwydo'r ansicrwydd llwglyd yna. Fedra i ddim gwadu 'mod i'n rhoddwr hael i'r union ddiwydiant yma – mae gen i gypyrddau'n llawn colur: eli wyneb, paent ewinedd, stwff gwallt. Maen nhw'n fy ngwneud i'n hapus, sy'n ddigon o reswm dros eu prynu nhw. Ond dydw i ddim yn ddigon naïf i feddwl fod yr union hapusrwydd yna'n deillio nid o ryddid i gael mynegi fy hun gyda lipstic, *eyeshadow* a *L'Oreal Live Colour*, ond o'r ymwybyddiaeth isymwybodol y bydd pobol yn penderfynu pwy ydw i, yn gyntaf oll, drwy edrych arna i.

Bydd y rhan fwyaf o ferched, yn ystod ein bywydau, i'n hwynebau neu tu ôl i'n cefnau, yn cael ein disgrifio fel tew, tenau, hagr, plaen, hardd, hyll, prydferth, diolwg, tlws. Byddwn ni'n *gadael i'n hunain fynd*, neu'n *edrych yn dda am ei hoed*; yn *lond ei chroen* neu wedi *cadw ei siâp*. Waeth os ydy'r geiriau a ddywedir amdanom yn rhai sy'n garedig neu'n gas, yr un ydi'r thema – fod y ffordd mae merch yn edrych yn hollbwysig.

Croestoriadedd (Intersectionality)
'You just look so ... Welsh!'

Roedd o'n ddieithryn digon clên. Wedi piciad i mewn i dafarn yn Lerpwl roeddwn i ar ryw bnawn oer wrth aros i 'mrawd orffen ei shifft. Roedd 'na gêm ar y sgrin fawr, a minnau wedi blino ar siopa a ffansi Coke a gwylio'r ail hanner. Dechreuodd ambell un fân siarad gyda mi am y gêm; bûm yn trafod tactegau amddiffyn gyda chriw o ferched ar noson blu, a chwerthin ar jôcs hen foi meddw oedd yn smalio'i fod o'n perthyn i John Lennon. Ac yn ystod yr hanner amser, ar ôl cyfnewid hanesion gyda chwpwl annwyl a fynnodd brynu diod i mi, dyna'r union frawddeg a ddywedodd rhywun wrtha i: *'You just look so ... Welsh!'*

Dydw i ddim yn amau i mi wrido a diolch cyn i'r sgwrs symud ymlaen. Roedd ei dôn yn garedig, ac ystyriwn ar y pryd ei fod o'n sôn am fy ngwallt, oedd yn goch ac yn gyrliog, neu'r ffaith fod fy llygaid yn las. Feddyliais i fawr ddim am y peth. Chwythwyd y chwiban olaf, ac i ffwrdd â mi i'r nos las, gan ffarwelio efo'r dieithriaid gyda gwên.

Ac eto...

Arhosodd y frawddeg honno fel draenen yn fy mhen, er 'mod i wedi ei chlywed hi o'r blaen, droeon dros y blynyddoedd. Roedd 'na rywbeth amdani oedd yn chwithig. Fe gymerodd flynyddoedd i mi sylweddoli pam yn union ro'n i'n teimlo'n anghyfforddus wrth gofio geiriau clên dieithryn nas gwelwn byth eto.

Fyddai o ddim wedi dweud hynny wrtha i pe na bawn i'n wyn.

* * *

Mae sgwennu'r tamaid yma am groestoriadedd ychydig yn anghysurus i mi. Dydy'r geiriau ddim yn dod mor hawdd, a'r ffocws ddim mor glir. Y gwir amdani ydi 'mod i ar ochr freintiedig y glorian hon. Fe hoffwn i ddweud 'mod i wedi bod yn ymwybodol o'r ffaith yma erioed, ond nid dyna'r gwir. Am amser hir, roeddwn i'n meddwl 'mod i, fel dynes ifanc Gymraeg, fel rhywun heb gymwysterau, fel mam sengl ar un adeg, wedi wynebu dim byd ond rhwystrau. Do'n i ddim yn gweld mor freintiedig oeddwn i. Ys dywed Stormzy, *Don't comment on my culture / You ain't qualified*, dydw i ddim yn gymwys i drafod croestoriadedd. Mae 'na rywbeth sy'n fy ngwneud i'n anghyfforddus 'mod i, yn Gymraes wen ddosbarth canol, abl ei chorff, yn trafod y pwnc yma. Edrychwch ar

silffoedd eich siopau lleol – mae'r silffoedd llyfrau a cherdd-
oriaeth yn gwegian gyda gwaith pobol sy'n edrych yn union
yr un fath â fi.

Mae cydnabod braint yn broses affwysol o anodd.

Yn enwedig pan fo rhywun yn Gymraes. Nid yn unig ein
bod ni wedi ein magu mewn system o batriarchaeth, ond
mae'r rhan fwyaf ohonom wedi bod yn dyst i – neu'n ddiod-
defwyr – systemau ac agweddau gwrth-Gymraeg. Mae gorfod
cyfiawnhau'r iaith rydym ni'n ei siarad bob dydd – cyfiawnhau
ein geiriau – yn frwydr barhaus. Rydw i'n aml yn cael llond bol
ar orfod esbonio eto fyth pam y dylwn i allu cael gwasanae-
thau drwy gyfrwng y Gymraeg, neu pam mae amlieithrwydd
yn llesol i blant bach, ac nid yn rhwystr i'w datblygiad. Rydw i
wedi ymlâdd. Ac eto...

Rydw i'n anhygoel o freintiedig.

Cefais fy magu mewn teulu Cymraeg, mewn ardal lle roedd
y Gymraeg yn naturiol. Lleiafrif oedd y plant o gefndiroedd
di-Gymraeg yn fy ysgolion i. Rydw i hefyd yn ddosbarth canol,
ac mae'r cyfuniad yna o amgylchiadau wedi golygu 'mod i
wedi elwa o freintiau lu drwy gydol fy mywyd. Daw cyfleoedd
creadigol law yn llaw â bywyd Cymraeg, ac felly, cefais ddilyn
fy mryd yn ddigon didrafferth a bod yn ddigon lwcus i gael
gyrfa mewn sgwennu creadigol. Yng nghanol yr holl frwydro
dros ein hawliau i siarad ein hiaith, mae'n hawdd anghofio fod
siarad Cymraeg yn ehangu ein bywydau, yn cynnig cyfleoedd
i ni na fyddai'n bodoli pe na baem ni'n medru'r iaith. Mae
medru'r Gymraeg yn destun llawenydd bob un dydd.

A fyddwn i'n awdur rŵan heblaw am y ffaith 'mod i'n
siarad Cymraeg? Dwi'n amau hynny.

Byddai pethau'n wahanol pe byddai fy amgylchiadau'n
wahanol. Mae'r cyfleoedd i ferched nad ydynt yn wyn yn
hollol wahanol, ac yn hollol ddiffygiol; yr un fath i ferched
dosbarth gweithiol; yr un fath i ferched hoyw, deurywiol

neu draws; yr un fath i ferched nad ydyn nhw'n Gristnogion neu'n anffyddwyr; yr un fath i ferched sy'n byw gydag anableddau; yr un fath i gymaint o ferched nad oes gen i syniad am eu bywydau a'u hamgylchiadau. Dydy bod yn fenyw Gymraeg ddim yn un profiad cyffredinol. Mae pob croestoriad o fenywdod (gair newydd arall i mi – *womanhood* ydi'r gair cyfatebol yn Saesneg) yn dod â'i brofiadau ei hun, ei gymhlethdodau ei hun. Ond os na chawn ni groestoriad o ferched yn cynrychioli Cymreictod, mae'n beryg i ni syrthio i'r fagl o gredu mai menywod gwyn, dosbarth canol – menywod fel fi – ydi menywod Cymraeg.

'*You just look so ... Welsh!*'

Cymerwch un enghraifft yn unig. Sut caiff menywod dosbarth gweithiol eu portreadu mewn diwylliant Cymraeg? Ydyn nhw'n tueddu i siarad Cymraeg mwy slac na'r cymeriadau dosbarth canol cyfatebol a welwch ar raglenni teledu neu mewn llyfrau? Oes tuedd iddyn nhw fod yna naill ai fel cymeriadau caled, anfaddeugar neu fel angylion annwyl sy'n ddioddefwyr casineb pobol eraill? Faint o'n straeon ni sydd â menyw ddosbarth gweithiol yn ganolbwynt iddynt, yn hytrach nag yn is-gymeriad, dim ond yn bodoli i ddweud stori rhywun arall?

Fel y dywedais, un enghraifft yn unig ydi hon. Ond i mi, mae'n dod yn gynyddol bwysig i gofio nad ydw i'n gymwys i fedru crynhoi pob profiad o fod yn fenyw Gymraeg – dim ond fod y fraint gen i, ar hyn o bryd, i gael dweud fy nweud amdano.

Gwrageddgas (Misogyny)

Finna hefyd.

Ydi'r geiriau yna'n canu cloch? Dim i fi. Mae *Me too*, ar y llaw arall, yn derm sy'n llawn ystyr bellach, a phawb yn gwybod am y cyfnod oddeutu 2017, yn dilyn yr honiadau a wnaed yn erbyn y troseddwr rhyw a'r cynhyrchydd ffilm Harvey Weinstein, pan ddechreuodd menywod ddweud eu dweud. Roedd gan bob menyw, bron, stori i'w rhannu am aflonyddu rhywiol, am gydweithwyr treisgar, am ddieithriaid anweddus, am ddynion oedd wedi gwneud drwg iddyn nhw. Roedd #metoo yn hashnod poblogaidd, dadlennol, hollbwysig, ac fe ymddangosodd #fihefyd a #finnahefyd ymysg cyfrifon cymdeithasol merched Cymraeg.

Ro'n i'n un ohonyn nhw.

Dechreuodd y muriau gwarcheidiol ddymchwel o amgylch dynion oedd wedi eu gwarchod yn yr Unol Daleithiau a Lloegr, cafodd straeon oedd wedi bod yn fud ers blynyddoedd eu hadrodd o'r diwedd, ac enwyd unigolion oedd wedi troseddu.

'Ti'n meddwl y daw o i fa'ma?' gofynnodd rhyw ffrind i mi ar y pryd, a minnau'n ateb yn hyderus, yn bendant:

'Gwneith siŵr!'

Wedi bod yn trafod *finna hefyd* roedden ni – ein profiadau ni o aflonyddu rhywiol o fewn ein cymunedau. Yn wir, fe gefais ryw fersiwn o'r un sgwrs gyda'r rhan fwyaf o 'nghyfeillion ar y pryd, yn datgelu hen hanesion oedd wedi llechu tu mewn i ni am amser hir, hanesion oedd wedi teimlo'n afiach o debyg i gywilydd. Roedd gan bawb rywbeth i'w ddweud – yn aml, byddai'r un enwau yn codi wrth drafod y drwgweithredwyr – a phawb yn cytuno bod dirfawr angen codi llais o fewn ein cymdeithas fach ni. Ond fe aeth y blynyddoedd heibio, a does neb – yn fy nghynnwys i – wedi mentro dweud dim.

Efallai ein bod ni'n ôl i groestoriadedd yma – fod bod yn Gymraes yn ei gwneud yn anodd gwneud cyhuddiadau yn erbyn Cymro arall, gan ein bod ni i fod ar yr un tîm, yn brwydro'r un brwydrau. Efallai fod y drwgweithredwr wedi gwneud lles mawr i'r iaith neu'r diwylliant; efallai ei fod yn un o hoelion wyth y gymuned; efallai ei fod yn perthyn o bell, neu ei fod yn eistedd ar yr un pwyllgorau â thad eich ffrind gorau, neu ei fod o'n mynd i garafanio'n flynyddol gyda'ch bòs a'i wraig. Efallai eich bod chi'n gwybod y byddwch yn ei weld bob blwyddyn ar faes yr Eisteddfod neu yn Tafwyl. Dydw i ddim yn gwybod pam yn union, dim ond yn deall nad ydw i'n gymwys i ddatod holl gymhlethdodau seicolegol y pethau hyn. Yn y cyfamser, does dim llawer yn newid. Mae'r troseddau mawrion yn dal i ddigwydd, a'r holl gamweddau bychain hefyd, y pethau sydd bron iawn yn ddim byd.

Fel pan ddywedodd dyn wrtha i 'mod i'n casáu dynion am 'mod i wedi sgwennu nofel o bersbectif merched.

Neu'r wynebau a dynnwyd pan awgrymais yr hoffwn weld merched hŷn yn sgwennu am ryw yn Gymraeg, yn hytrach na dim ond merched ifanc.

Neu'r dyn oedd yn mynnu'n ffyrnig y dylwn i fod ag ofn rhannu tai bach cyhoeddus gyda menywod traws, ond oedd yn wfftio pan fynnais i bod fy neugain mlynedd o brofiad fel menyw wedi profi i mi mai dynion oedd yn cynrychioli'r risg mwyaf i mi, nid merched traws.

Neu'r erthyglau sy'n honni bod am fy ngwaith i, ond sy'n methu peidio â sôn pwy ydw i mewn perthynas â dynion eraill.

* * *

Mae cyfrolau i'w hadrodd am bob gair nad oeddwn i'n ei wybod, a finnau'n fy synnu fy hun fod gen i gymaint o hanesion sydd eto i'w rhannu, cymaint nad ydw i wedi ei ddweud. Rydw i'n cario'r geiriau newydd yma yn ddwfn yn fy meddwl ac yn fy nghalon, yn mynnu i mi fy hun fy mod i am eu cofio a'u defnyddio. Yn eu hadrodd yn fy mhen fel mantra, am fod rhoi enw i rywbeth yn ei wneud yn real; ac unwaith y bydd rhywbeth yn real, mae'n bosib ei wynebu a'i newid.

Mae angen y geiriau hyn ar straeon Branwen a Blodeuwedd. Merched ein straeon hynaf, ac mae eu ffawd nhw ill dwy yn cael ei llywio gan wrageddgas a diffyg ymreolaeth gorfforol. Maen nhw'n chwiorydd i ni, ein profiadau yn bontydd rhwng cenedlaethau, rhwng y byd real a'r chwedlau. *A fo ben bid bont*, a'r merched yma ydi 'mhontydd i.

Efallai 'mod i fymryn yn nes rŵan at allu ailadrodd eu straeon, ac y caf i ddweud mwy am bwy oedd Blodeuwedd y tu hwnt i'r blodau oedd yn ei harddu. Efallai y caf i sôn am Franwen, oedd yn fwy na dim ond pont rhwng dynion rhyfelgar. Ac efallai, yn bwysicach na hynny, y caiff rywun gwahanol i fi feddu'r hawl i adrodd y straeon hyn, rhywun nad ydyn nhw'n *looks so Welsh*.

TALA FI

Digwyddodd y peth a achosodd i Beth dorri ar noson hir yng Ngorffennaf. Stymblodd hi, ei chariad Menna, a'u ffrindiau o ardd gefn y dafarn. Roedd yr aer yn boeth ac yn drwm, fel nofio drwy fwd. Plymiai ystlumod o'u hamgylch a dawnsiai'r gwyfynod o gwmpas goleuadau'r ardd gefn.

'Bitsh.'

Daeth y gair atyn nhw fel chwip, o gyfeiriad grŵp o fechgyn ger y drws.

Canolbwyntiodd Beth ar roi un troed o flaen y llall. Doedd hi heb fwyta digon y diwrnod hwnnw ac roedd pen tost yn dechrau gwthio yn erbyn ei thalcen ar ôl pedwar *vodka soda.*

'Ble chi'n mynd heno, *bitches*? Wps – ferched.'

Be o'n nhw'n trio'i gyflawni? Anwybyddodd Beth y llais. Erbyn nawr roedd ei ffrindiau wedi sylwi hefyd, roedd hi'n siŵr. Roedd hi bron yn gallu teimlo pob un blewyn ar eu breichiau yn codi, y trymder yng nghefnau eu pennau'n eu gorfodi nhw i edrych lawr, gan gario ymlaen i gerdded, a pheidio â gwneud symudiad o'i le. *Sixth sense* yr ysglyfaeth. Dechreuodd hi deimlo'n sic.

'Cym on, *bitches*, ble chi'n mynd? Ffocin *slags...*'

Clywai hi'r bechgyn yn chwerthin, eu traed yn dilyn y tu ôl iddynt. Roedd hi'n gweddïo'n dawel erbyn nawr am gael gadael yn dawel a mynd adref heb ffws. Roedd pawb arall yn yr ardd wedi stopio siarad. Yna, clywodd hi rywun yn clirio'i lwnc.

Slap. Teimlodd rhywbeth gwlyb a chynnes yn taro cefn ei gwddf. Stopiodd Beth yn stond.

Roedd y chwerthin yn tyfu, yn byrlymu o'i chwmpas fel swigod, yn union fel y cyfog a ddringai o waelod ei stumog.

Rholiodd y poer yn araf i lawr ei chefn.

O'r diwedd, dyma beth oedd am ei thorri. Trodd Beth yn araf.

Dyma'r pethau wnaeth helpu i dorri Beth:

1

Ebrill. Roedd y gawod yn gollwng dŵr rywle o dan y bath ac roedd patsh o lwydni'n tyfu ar wal y stafell molchi. Ffoniodd Menna ddyn o gwmni lleol.

Daeth ef i sgwrsio gyda Menna tra'r oedd Beth yn y gwaith, ffeindiodd y nam, a rhoddodd gyngor ar sut i lanhau'r patsh o'r wal. Gadawodd y dyn â bisged yn ei law a phoced yn llawn arian. Awr yn ddiweddarach, sylwodd Menna fod y fasged dillad brwnt ar agor. Doedd ei phants o'r diwrnod cynt ddim i'w gweld o gwbl, er iddi ei gadael ar dop y pentwr â'r caead drosto. Daeth Beth adre o'r caffi yn y prynhawn i weld Menna'n beichio crio ar y soffa. Roedd Beth eisiau gweithredu, eisiau postio llun o'r dyn ar Facebook gyda rhybudd, ond doedd Menna ddim eisiau achosi trwbwl. Buont yn dadlau am ddyddiau ynglŷn â beth i'w wneud, ac yn y diwedd gofynnodd Menna am dawelwch ac aeth i'r gwely'n gynnar, gan slamio'r drws ar ei hôl.

O'r noson honno ymlaen, gorweddai Beth bob nos yn gwrando ar Menna'n cloi, agor ac ail-gloi'r drws ffrynt cyn gallu dod i'r gwely. Roedd sŵn yr allwedd yn troi yn y drws yn gwneud iddi grensian ei dannedd. Roedd rhaid iddi ddechrau gwisgo *mouthguard* i gysgu.

2

Un noson, chwe mis ar ôl symud i mewn gyda Menna, roedd y ddwy'n cerdded adref o barti pen blwydd un o'u ffrindiau. Roedd y cwrw wedi gwneud Menna'n hyderus, a mentrodd ddal llaw Beth ar y stryd am unwaith. Roedd Beth wedi clywed y straeon am blentyndod Menna, felly gwyddai'n iawn pam nad oedd ei chariad yn hoff o PDA ar y stryd. Ond roedd hi weithiau'n drist nad oedden nhw'n gallu bod yn rhamantus y tu allan i'r fflat. Felly y noson honno, roedd hi'n gynnes wrth ddal yn dynn yn llaw Menna.

Ond, wrth gwrs, daeth popeth yn deilchion i'r llawr ymhen cwpwl o funudau.

'*Threesome, ladies? Threesome?*'

Daeth y waedd o ochr arall y stryd, lle roedd dau fachgen meddw'n cerdded. 'Ewch adre,' gwaeddodd hi ar draws y ffordd. Cydiodd Menna yn ei braich yn dynn. Chwarddodd y bechgyn, gan gario mlaen i weiddi nes iddynt sylwi nad oedd y merched am groesi'r stryd.

'*Slags*! Chi'n *fugly anyway.*'

Roedd Beth wedi rantio'r holl ffordd adref, ond pan agorodd hi'r drws, sylwodd o'r diwedd ar wyneb gwelw Menna.

'O, bêbs. Dere 'ma.'

Bu'n rhaid i Beth addo na fyddai fyth yn gweiddi'n ôl eto, ond roedd y geiriau'n sur. Doedd anwybyddu ddim yn ddigon. Gwyddai na fyddai Menna byth yn deall ei hangen i weithredu.

3

Ddiwrnod ar ôl graddio o'r brifysgol, clywodd Beth sŵn *ping*! o'i ffôn wrth iddi frysio i'r gwaith yn *hungover*. Ni chafodd gyfle i weld pwy oedd yna nes iddi ddechrau ar ei brêc bedair awr yn ddiweddarach. Yn ei *inbox* eisteddai ymateb i'r llun pert ar ei *Instagram story*, neges gan hen ffrind ysgol.

> Heb weld ti mewn ages. Ti'n ffit nawr.
> Da iawn. Moen cwrdd lan?

Yna popiodd *dick pic* i mewn, yn agos ac yn erchyll. Bu bron iddi daflu ei ffôn ar draws y stafell staff. Chwarter awr yn hwyrach nag oedd ei brêc i fod i ddod i ben, daeth ei rheolwr i mewn i wirio ar bethau, a gweld Beth yn ei dagrau ar yr hen soffa. Roedd hi wedi gwneud *screenshot* i'w roi ar ei stori, ond cafodd y post ei dynnu i lawr am dorri'r rheolau. Am weddill y shifft, roedd egni'r llun dychrynllyd yn llosgi staen gwenwynig y tu mewn i'w ffedog, hyd yn oed ar ôl iddi wasgu *block*.

Ddigwyddodd dim byd i'r bachgen. Anghofiodd pawb ymhen dyddiau.

4

Yn ystod ei haf cyntaf yn gweithio, yn un deg chwech mlwydd oed, daeth cyfnod o dywydd crasboeth. O'r diwedd rhoddodd y rheolwr ganiatâd i staff y caffi wisgo siorts o dan eu ffedogau, ac yn sydyn roedd sefyll o flaen peiriant coffi drwy'r dydd yn llawer mwy cyfforddus. Roedd Beth yn breuddwydio am gael mynd i nofio ar ôl ei shifft un diwrnod pan sylwodd hi ar fwrdd yn llawn hen ddynion yn ei gwylio hi'n clirio byrddau.

Sythodd Beth yn sydyn fel petai rhywun wedi tywallt dŵr oer lawr ei chefn. Ni siaradodd yr un dyn â hi, ond roedd eu llygaid yn boeth ar ei chroen. Cariodd hi'r hambwrdd trwm i mewn i'r gegin a safodd yn stond am eiliad, i anadlu drwy'r brics oer yn ei stumog.

Arhosodd y dynion am awr arall. Doedden nhw ddim wedi gadael tip, na hyd yn oed wedi meddwl am wneud, siŵr o fod.

Dechreuodd hi jocan gyda'r tîm am gadw peiriant cerdyn yn ei ffedog, er mwyn casglu tips gan bob un dyn oedd yn llusgo'i lygaid drosti. Ond doedd jocan ddim yn helpu'r cywilydd.

5

Roedd ei throwsus ysgol yn y golch a'r unig beth glân oedd y sgert roedd Mam wedi mynnu ei phrynu iddi. Roedd pawb arall yn mynd ar y bws i'r ysgol, ond roedd Beth yn cerdded, ac wrth basio'r traffig y bore hwnnw, sylwodd fod mwy o lygaid nag arfer yn ei gwylio hi. Tynnodd Beth y sgert i lawr, gan geisio'i gwneud yn hirach. Ond yna, wrth iddi groesi'r heol, cododd gwynt cryf yn sydyn.

Hedfanodd y sgert i'r awyr gan ddangos ei choesau (a gwaeth) i bawb. Doedd hi ddim eisiau meddwl pa ddillad isaf roedd hi wedi dewis eu gwisgo y diwrnod hwnnw; doedd hi erioed wedi dychmygu y byddai'r holl bentref yn eu gweld.

O'r ceir ar y groesfan daeth corws o bîpio hyll. Brysiodd Beth i ochr arall y stryd. Drwy'r dagrau gwelai hen wyneb yn gwthio allan drwy ffenest agored un o'r ceir. 'Twit-www!'

* * *

Felly, wrth edrych ar y bachgen yma nawr ym mis Gorffennaf, doedd hi ddim am adael heb weithredu. Roedd yn haws, yn ôl pawb arall, llyncu'r geiriau, anwybyddu, edrych lawr a gadael yn gyflym. Fel arfer roedd hi'n ufuddhau, ac yn teimlo blas sur yn corddi tu mewn iddi am oriau wedyn. Ond nid heno. Heno roedd hi'n teimlo fel pe bai band rwber wedi ymestyn y tu hwnt i'w gallu. Triodd anwybyddu'r poer wrth weiddi dros ei hysgwydd:

'Sdim un o ni'n *bitches. Grow up*, iawn?'

Chwarddodd y bechgyn. Teimlai Beth ei ffrindiau'n cilio'n bellach i ffwrdd, fel malwod o flaen halen.

'Www. Ble ti'n mynd heno te, *big boobs*?'

Caeodd ei llygaid a throi i wynebu'r llais hyll. Safai bachgen tua'r un oed â hi o'i blaen gyda pheint gwag yn ei law. Tu ôl iddo, cododd merch o'r bwrdd heb edrych ar Beth. Ei gariad? Roedd ei bochau'n binc.

'Gwed hwnna eto,' meddai Beth mewn llais ysgafn.

'Sori?'

'Gwed hwnna eto. Be wedest ti?'

'O'n i jyst yn sylwi ar *massive melons* ti. Paid rhedeg gyda nhw. Gei di *black eye*.'

Roedd ei ffrindiau y tu ôl iddi'n gofyn iddi mewn sibrydion i gerdded i ffwrdd. Roedd gan Beth enw am fod yn broblem pan oedd hi'n yfed gormod, ond reit nawr, roedd hi eisiau bod yn broblem. Gwthiodd law un ffrind i ffwrdd a chamodd ymlaen.

'Ife dyna sut ni'n siarad â phobl?'

'Be?'

Pwyntiodd Beth ei bys at wyneb coch y bachgen. Gobeithiai na fyddai ei geiriau'n slyrio yn ei cheg. 'Ife dyna – sut ni'n siarad – â phobl?'

Edrychodd y bachgen ar ei ffrindiau, gyda gwên ansicr yn ymestyn dros ei fochau.

'Na. Paid edrych arnyn nhw. Drycha arna i. Oes gen ti rywbeth i weud wrtha i?' meddai hi.

Hongiai'r cwestiwn yn yr aer cynnes. Roedd hi wir yn boeth y noson honno, fel ffwrnais, neu efallai mai Beth oedd yn teimlo hyn, ei bochau'n curo ar y cyd â'i chalon, fel llosg yr haul.

'Wel?'

O'r diwedd, agorodd y bachgen ei geg.

'Ffocin *slag*. Fi'n casáu *ugly feminists*. Jyst ffoc off.'

Ymestynnodd Beth ei llaw yn fflat. Edrychodd y bachgen i lawr.

'Tala fi.'

'Be?' Edrychodd y bachgen o gwmpas, fel petai'n dweud, *chi'n credu hyn?* Chwarddodd ei ffrindiau'n nerfus.

'Glywest ti'n iawn. Tala fi.'

'Sa i'n talu ti dim byd. Cont.'

'*Fifty quid.*' Synhwyrai Beth fod Menna'n tynnu ar ei braich yn ysgafn. Safodd yn stond.

'*Fif—*'

'Os fi'n mynd adre'n meddwl bod noson fi'n *ruined*, diolch i fwydod bach fel ti, ti'n haeddu gorfod talu fi am yr *inconvenience*. Nawr, *c'mon. Fifty quid.*'

'Ffoc off!'

'Tala fi!'

'Cer o 'ma'r ffocin bitsh!'

'Beth, cym on,' hisiodd Menna yn ei chlust, ond doedd Beth braidd yn gallu ei chlywed dros y rhuo yn ei chlustiau.

Yna symudodd popeth yn gyflym. Gwyliodd Beth wrth i'r bachgen osod ei beint i lawr. Cwympodd y gwydryn o'r bwrdd a gwelodd hi'r gwydr yn smasho ar y llawr, y cwrw yn y gwaelod yn tasgu ar y sment. Yn sydyn, roedd hi fel petai popeth yn digwydd mewn *slow-mo.*

Cododd y bachgen ei fraich. Gwelodd Beth ei lygaid yn ffocysu'n feddw ar ei hwyneb, ei geg yn gweiddi, ei ffrindiau'n gwylio'n gegagored, a'i gariad swil yn codi ei dwylo at ei gwefusau. Roedd hi bron yn gallu teimlo'r slap yn barod, ond roedd gan ei chorff syniadau eraill.

Wrth i'w fraich ddod i lawr, cydiodd Beth yn ei arddwrn. Doedd dim amser i'r bachgen sylwi beth oedd yn digwydd cyn iddo deimlo ei llaw arall am ei wddf.

'Tala. Fi.'

'Beth!'

Edrychodd Beth i fyw llygaid y bachgen a dechreuodd wasgu. Roedd y sioc ar ei wyneb yn creu rhyw effaith bleserus iawn rhwng ei choesau. Gwenodd. Daliodd y grŵp eu hanadl.

'Beth! Stop!'

Wrth i ddwylo Menna fforsio Beth i adael fynd o'r diwedd, poerodd wrth draed y bachgen a'i ffrindiau. Baglodd y bachgen yn ôl ddau gam wrth i Beth ysgwyd y germau anweledig oddi ar ei llaw. Byddai Menna'n gwneud iddi addo eto y bore wedyn na fyddai'n yfed gormod o hyn ymlaen, ond roedd e werth y ddarlith. Trodd ar ei sawdl a cherddodd i ffwrdd gyda'i choesau'n crynu, gyda gweiddi'r bechgyn yn llenwi ei chlustiau.

* * *

Y bore wedyn, roedd Beth yn llwgu. Anwybyddodd yr *overnight oats* yn yr oergell ac aeth yn syth am y Nutella yn y cwpwrdd. Ond doedd hynny ddim yn ddigon. Gwnaeth dau ddarn o dost, wedyn tri, cyn powlennaid o Bran Flakes. Bwytaodd ddau baced o greision a phaced cyfan o *digestives*. Doedd hi ddim yn gallu stopio meddwl am wyneb y bachgen yn troi'n goch, a'r teimlad o'i wddf yn cywasgu yn ei llaw. Pan ddeffrodd Menna, swynodd Beth hi yn syth nôl i'r gwely. Ond roedd Beth yn dal i deimlo'n wag.

Roedd Beth wastad wedi teimlo ei bod yn ormod. Roedd hi wedi tyfu'n ferch dal, drymach na'i ffrindiau, ac roedd hi wedi dysgu'n gyflym sut i chwerthin mewn sefyllfaoedd fyddai'n gwneud i'w bochau gynhesu. Hi oedd y ffrind doniol, y *wingman*, yr un oedd yn actio fel PA i'w ffrindiau teneuach. Ond heddiw roedd teimlad newydd wedi dod drosti. Jyst uwchben arwyneb ei chroen, teimlai fel petai corff arall yn aros amdani − corff mwy − corff cryf. Teimlai fel y byddai modd iddi gamu mewn i'w chorff newydd, gan ddadleoli'r aer o'i chwmpas. Cymryd a llenwi gofod a lle.

Aeth Beth i'r byd y diwrnod hwnnw yn berson hollol wahanol. Roedd hi'n cerdded yn gyflym. Ar y palmant, daeth wyneb yn wyneb â dyn tal ar ei ffôn, oedd yn cerdded heb sylwi arni'n dod tuag ato. Stopiodd y dyn ar yr eiliad olaf gan edrych arni'n hurt. Cododd Beth ei dwylo.

'Esgusodwch fi?' gofynnodd ef.

'Na. Esgusodwch fi,' meddai hi, a gwthiodd heibio iddo gan wneud iddo gamu mewn i'r traffig.

Yn y gwaith, gwenodd wrth wylio un o'r *regulars* yn codi ei ddwylo, gan weiddi ar ei bòs. Gwthiodd Beth drwy ddrws y cefn ac aeth i sefyll rhwng y ddau ddyn.

'Rich, am faint ti 'di bod yn dod i'r caffi 'ma?'

Nid oedd yr hen ddyn eisiau ateb, ond o'r diwedd dywedodd, 'Dwy flynedd.'

'Ac am faint o amser wyt ti 'di bod yn *absolute wanker*?'

Tagodd Rich ar ei boer wrth i'r rheolwr ddechrau gweiddi arni. Rhoddodd Beth ei dwylo ar ysgwyddau'r hen ddyn a dechrau ei droi tua'r drws.

'Mae'n syml iawn. Bydd yn neis neu paid boddran dod mewn.'

Anwybyddodd ei rheolwr wrth fynd i mewn i dai bach y staff. Teimlai'r pŵer yn corddi rhwng ei choesau eto. Roedd ei llaw o dan ei sgert bron cyn iddi gloi'r drws.

* * *

Y peth drwg am wrthod dweud sori, wrth gwrs, oedd bod Beth wedi colli ei swydd. Roedd hi'n ddigon hapus i oroesi ar gyflog Menna am dipyn, ond ar ôl mis neu ddau, slamiodd Menna ddrws yr oergell wag a gofyn pa bryd roedd Beth yn bwriadu cyfrannu at eu perthynas eto.

Doedd hi ddim yn dangos asgwrn cefn yn aml.

Dechreuodd Beth swydd lawr yn y local yn y diwedd. Roedd tynnu peints yn lot mwy o hwyl na gwneud coffi, a bellach roedd ganddi'r pŵer i daflu unrhyw un allan.

Roedd smygu ar ei brêcs yn help i stopio'r teimlad gwag yn ei stumog, er bod Menna'n casáu'r arogl. Un noson gynnes ganol Hydref, clywodd lais cyfarwydd wrth stampio'i sigarét dan ei throed.

O'r diwedd.

Roedd ei brêc drosodd ond arhosodd wrth y drws i wylio'r grŵp yn agosáu.

'Iawn, fechgyn?'

Roedd y grŵp ar fin ei hanwybyddu pan edrychodd un ohonynt i'w hwyneb a rhewi yn ei unfan.

'*Ohmygod.* Y *crazy bitch.*'

Gwenodd Beth. 'Le mae'ch ffrind bach chi, te?'

Gwthiodd y bachgen i'r ffrynt. 'Ti'n gweithio 'ma nawr? Dyle fi gal ti'n *sacked.*'

Daliodd Beth un bys i fyny.

'Dyna'r streic cyntaf.'

'*Oh, c'mon.*' Edrychodd y bachgen i ffwrdd.

'Awn ni mewn? Jyst anwybydda hi. Cont.'

'Wwww.' Ymestynnodd Beth yr ail fys, a'i llais fel sidan. 'Dyw hwnna ddim yn air neis. *Extra fifty quid* am hwnna.'

Ochneidiodd y bachgen. 'Jyst gad ni fod.'

'Gadael chi fod? Pam? Nest ti ddim gadael fi fod, nest ti?'

Camodd yn nes. Roedd hi wedi bod yn chwysu lot yn ddiweddar, ond nawr roedd y dwymyn yn torri o'r diwedd.

'Oes unrhyw un yn gadael fi fod? Byth ers i fi droi'n ddeuddeg, ers i fi orfod wisgo bra, oes unrhyw un 'di gadael *fi* fod?'

Roedd wyneb y bachgen yn cochi eto. Curai calon Beth yn gynt, ond roedd rhaid iddi gael y geiriau allan.

'Ti'n gwbod be fi'n gorfod neud i oroesi? Fi'n dal allweddi rhwng bysedd fi. Fi'n parcio ar y stryd o dan goleuadau achos fi'n ofn multi-storeys gwag yn y nos. Fi'n cadw llaw fi dros drink fi o hyd.'

Dechreuodd y bachgen agor ei geg, ond torrodd hi ar ei draws. Gwingodd ei stumog hi'n newynog.

'Fi'n casáu byw fel hyn. Casáu teimlo llygaid arno fi. Casáu peidio gwisgo be fi moen gwisgo rhag ofn cael stupid comment am boobs fi, neu bum fi, neu coesau fi. Casáu mynd mewn i tacsis, casáu teithio, casáu edrych dros ysgwydd fi bob eiliad o bob dydd—'

Doedd e ddim yn ceisio siarad, roedd hi'n sylwi nawr, ond roedd ei geg ar agor fel petai'n tagu –

'Felly mae angen i ddynion fel ti i dalu.'

Dechreuodd y bachgen beswch. Aeth ei ddwylo at ei wddf fel petai'n cofio'r hyn ddigwyddodd y tro diwethaf.

Neu fel petai rhywbeth yn sownd yn ei lwnc.

'Ti'n iawn?' meddai un o'i ffrindiau yn y cefndir.

Pwysodd Beth ymlaen a sibrydodd yn ei glust.

'Tala fi.'

Agorodd y bachgen ei geg yn llydan, a'i dafod yn binc ac yn troelli fel malwen. Roedd ei lygaid yn dangos gwythiennau bach coch nawr.

Cwympodd y geiniog rhwng traed y ddau a bownsiodd ar stepen ffrynt y pyb. Roedd y grŵp yn dawel, heblaw am synau'r bachgen yn tagu. Plygodd Beth a phigodd y darn arian o'r llawr. Roedd e'n gynnes ac yn wlyb. Daliodd y darn o flaen ei hwyneb mewn rhyfeddod.

Ymhen deg eiliad, daeth darn dwybunt dros ei dafod, gan gwympo i'r llawr fel y darn cyntaf. Fforsiodd y darnau arian eu hunain i fyny tu mewn i'r bachgen, gan rolio'n ysgafn o flaen ei dafod. Cyn bo hir, daeth papurau pumpunt a decpunt hefyd. Roedd dagrau yn llithro i lawr ei fochau. Daliodd Beth y papur ugain punt cyntaf yn ei llaw cyn iddo gwympo i'r llawr.

Daeth yr arian yn ei flaen yn ddiddiwedd. Roedd y grŵp bellach yn trio helpu, yn taro cefn y bachgen, yn gwasgu ei frest o'r tu cefn iddo, ond safai Beth yn stond gyda'r sbarc cyfarwydd yn teithio trwy ei gwaed. Roedd fel pe bai teimlad yn brysio'n ôl i'w thraed oer ar ôl dringo mewn i fath berwedig. Daliai Beth ei dwylo mewn cwpan dan ên y bachgen a cheisiodd reoli ei hanadl.

Pan stopiodd y bachgen o'r diwedd, camodd Beth yn ôl gyda'i dwylo'n llawn arian. Roedd hi'n methu esbonio beth oedd wedi digwydd, yn methu dweud pa reddf oedd wedi ei gorfodi i aros yn llonydd gyda'i dwylo i fyny nes bod yr arian wedi stopio rholio. Anwybyddodd hi'r grŵp yn gweiddi o'i chwmpas, wrth iddynt siglo'r corff llac ac agor ei geg er mwyn clirio'r llwybr anadlu. Gollyngodd Beth y pentwr arian yn ei ffedog a chamodd dros y boi ar y llawr. Cerddodd i ffwrdd ar goesau sigledig.

Cyrhaeddodd hi adref yng nghanol ei shifft, a heb syniad beth arall i'w wneud, ffoniodd y Chinese lleol yn syth. Doedd Menna ddim yn y fflat, ac roedd lot o'i stwff hi ar goll, ond doedd Beth ddim eisiau poeni am hynny nawr. Talodd am y bwyd mewn cash. Bwytaodd mewn tawelwch.

Wedi bwyta, roedd hi'n fwy llwglyd nag erioed. Doedd Menna ddim yn ateb y ffôn. Roedd dwylo Beth yn crynu, yn ysu am rywbeth heb enw. Roedd y fflat yn rhy dawel. Roedd angen iddi weithredu.

Gadawodd gyda'i phocedi'n llawn arian, gan blymio i mewn i'r nos fel ystlum, yn chwilio am rywbeth i lenwi'r gwagle.

MAM NEWYDD, FLIN(EDIG)

NON MERERID JONES

Gorfeddwl?

Llongyfarchiadau!

Cei, mi gei di edrych yn feichiog os wyt ti'n feichiog, ond nid yn rhy feichiog, cofia. Mae amodau. Am naw mis rhown ganiatâd i dy gorff newid y tu hwnt i bob adnabod, gan mai newid dros dro yn unig ydi'r newid hwn i fod. Ac felly mi gei di faddeuant gennym am golli rheolaeth ar dy bryd a gwedd am gyfnod.

ti'n

Wnawn ni mo dy feirniadu di, yn y tri mis olaf o leiaf, am dy fol beichus, dy fferau chwyddedig na'th

48

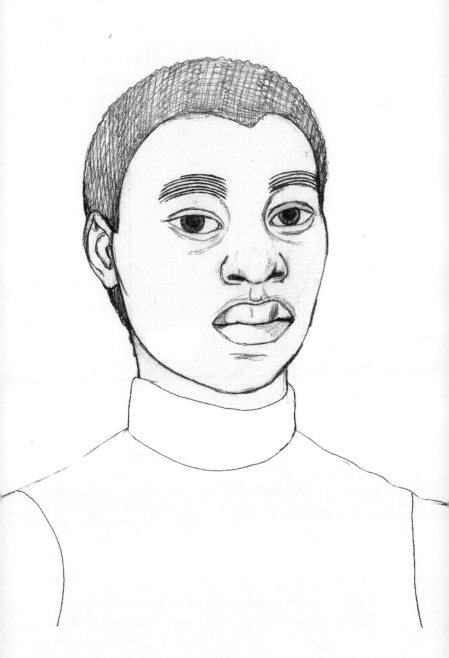

fronnau trymion, gwythiennog, cyhyd â dy fod yn ymdrechu i gadw dy hunan-barch ac yn cuddio'r beiau newydd hyn dan ffrogiau smoc blodeuog. Ond gorau oll os medri di ddal arni ac ymwrthod â'r demtasiwn i ildio i'r *maternity range* cyn hired ag y medri, hyd yn oed os ydi lastig dy drowsusau yn gwasgu fel feis am dy ganol. Ystyriwn famolrwydd merch yn rhinwedd sanctaidd, bur, yn wir. Ond dydi *edrych* yn famol ddim wastad yn gompliment, dallta.

edrych

A thros y naw mis nesaf, mi fyddwn yn dy annog i ildio i dy grefings, i fwyta fel y mynni a bwyta i ddau – fiw i ti edrych yn rhy denau (neu mi fyddwn yn siarad amdanat ti). Ond dylet ti hefyd sicrhau nad wyt ti'n magu gormod o bwysau (neu mi fyddwn yn siarad amdanat ti). Mae perygl i ti gael dy anffurfio'n ddi-droi'n ôl a'th anrheithio'n llwyr ac am byth os gwnei di fynd ar gyfeiliorn ac indyljio gormod.

Ond, wrth gwrs, mae'n iawn i ti edrych yn feichiog *os* wyt ti'n feichiog, ar yr amod dy fod di'n cario

yn ddel

Wrth reswm, felly, mae croeso i ti wisgo dillad tynn, os wyt ti wir yn dymuno gwneud hynny, cyhyd â bod silwét y bol yn dderbyniol, yn sffêr perffaith a'r croen yn llyfn, yn dynn ac yn ddilychwin o dan dy ddillad

yn dwt

Am y tro cyntaf a'r olaf yn dy fywyd, bydd maint dy fol yn destun balchder, yn destun dathlu ac edmygedd wrth i ni sylwi a sylwebu arnat yn tyfu dros y naw mis nesaf. Ond dim ond os na allwn weld dy fod yn feichiog o edrych ar dy gefn, dy gluniau a dy ben ôl, a dy fod yn addo ymdrochi'n ddi-ffael bob bore a nos mewn *Bio Oil*.

Os llwyddi di i gyflawni'r amodau uchod, byddwn yn siŵr o ddweud wrthyt fod y bol yn dy 'siwtio', fel petai modd ei dynnu bob nos a'i daflu'n ddi-hid fel hen gardigan flêr i gefn dy wordrob.

ac

Mi wnawn dy longyfarch ar feichiogi, wrth gwrs, fel petai gen ti reolaeth dros hynny, fel petai cenhedlu yn sgil yr wyt ti wedi'i ddysgu a'i gaffael fel dysgu Ffrangeg neu sut i gyn-ganeddu. Ond yn bennaf oll, mi fyddwn yn dy longyfarch am nad wyt ti'n edrych yn *rhy* feichiog – dyna'r gamp, mewn gwirionedd.

yn daclus.

* * *

Llongyfarchiadau!

A phan ddaw'r naw mis i ben, chei di ddim, ar unrhyw gyfri, edrych fel petaet ti erioed wedi beichiogi. Mi rown bwysau arnat ti i fownsio yn ôl o fewn wythnosau, dyddiau, oriau wedi'r geni. Mi fyddwn yn dy orfodi i ddiosg dy feichiogrwydd ar unwaith ac ar frys ar y ward esgor, fel neidr yn bwrw ei chroen, a'i adael yn un swp diofal ar ben dy goban chwyslyd, waedlyd wrth droed y gwely. Os na lwyddi di i adfer dy gorff o ddinistr beichiogrwydd ac o ludw'r geni a'i ganfod fel newydd, heb arno staen na chraith na stretsh marc o fewn y tri mis cyntaf o fagu, mi wnawn i ti deimlo fel methiant drwy ddweud dim byd.

Ti ddim

Achos rwyt ti, fel pob merch yn yr oes delwedd-yw-pop-eth sydd ohoni, yn gwybod mai'r ganmoliaeth uchaf bosibl i fam newydd ydi: 'Ti wedi cael dy gorff yn ôl! Faswn i byth yn medru deud dy fod di wedi cael babi!'

yn edrych

Er mor gywilyddus o felys i ti fydd clywed y geiriau hyn i ddechrau, mi ddechreui di flasu hen chwenc ar y clod, a bydd eu melysrwydd yn pylu wrth i ti eu dadansoddi fin nos wrth fwydo dy fabi. Bydd y 'be?' a'r 'sut?' a'r 'pam?' sydd wedi bod yn mudferwi yng nghrochan dy fod yn bygwth llosgi'r person nesaf yn ein plith a feiddia dy anrhydeddu â'r fath ganmoli-aeth ddeufiniog. Ond drwy orfeddwl fel hyn, mae peryg i ti orymateb a thynnu pobol i dy ben, ac i be? Dim ond trio bod yn glên ydan ni.

fel

Diolcha (yn swil ac yn wylaidd), gan grogi'r marc cwestiwn 'na sy'n mynnu ei le'n ddigywilydd ar ddiwedd y gair hwn. Llynca'r cwestiynau sur 'o ystyried 'mod i wedi cael babi?', 'i ba le *yn union* yr aeth fy nghorff?' a 'sut *ffwc* ydw i i fod i edrych felly?' yn union fel y chwd a gorddai yn nyfnder dy gylla ar ddechrau'r beichiogrwydd. Fel merch dda, jest der-bynia'r amodau a glywi yma yn llechu'n slei yn y bylchau rhwng ein geiriau caredig, a hynny, fel pob amser, yn dawel, yn oddefol, heb unrhyw ffys a chan wenu'n ddel, heb herio na chwestiynu.

Mam.

* * *

Cyngor nas gofynnwyd amdano

Ydych chi'n adnabod merch sy'n feichiog am y tro cyntaf ac yn awyddus i'w pharatoi ar gyfer yr hyn sydd o'i blaen drwy rannu eich doethineb bydol â hi? Na chwiliwch ymhellach. Dilynwch y cynghorion hyn:

Ar ôl llongyfarch y ferch yn ddiffuant ar feichiogi, peidiwch ag anghofio holi hefyd am y broses genhedlu. Gofynnwch yn hy 'Oeddech chi'n trio am fabi felly?', fel tasai hynny'n fusnes i chi rywsut. Cymerwch yn ganiataol fod y broses wedi bod yn un ddidrafferth heb straen na siom na galar, heb brofion ofylu, heb bigiadau na phrofion gwaed na sganiau, heb ansicrwydd, heb dor calon, heb orfod crafu'r wyau a phob gobaith ohoni â nodwyddau. Ac ar ôl gofyn iddi pryd mae'r babi'n diw, cofiwch asesu ei gallu i eni'n naturiol drwy fesur lled ei chluniau yn erbyn maint ei bol gyda'ch llygaid digywilydd. Rhannwch eich barn obstetregol yn ddiwahoddiad, a siaradwch ar eich cyfer gan awgrymu bod *c-section*, yn anffodus, yn anochel i ferched fel hithau. Ond gobeithio ddim, wrth gwrs!

Yn y cyswllt hwn, ewch ati i dyllu'n ddyfnach drwy gymharu ei chorff â chorff merch arall sydd newydd eni babi'n ddiweddar i geisio codi ei chalon, ond nid heb danio rhyw ymdeimlad o ddiffyg ynddi chwaith. Mawrygwch yr enedigaeth arwrol, dduwiesaidd, ymddangosiadol ddiymdrech a gafodd y Fam Ddaear ryfeddol hon mewn pwll o ddŵr, a hynny yn lleufer tyner y goleuadau tylwyth teg a'r canhwyllau ogla da a brynwyd i fasgio realiti'r gwaed, y piso a'r cachu. Ar ôl codi ofn ar y ferch drwy awgrymu bod toriad cesaraidd (neu ymhollti'n dreisgar nes bydd ei pherfedd yn syrthio ohoni) yn edrych yn debygol oherwydd ei maint, dywedwch wrthi nad oes angen iddi ddigalonni'n llwyr: erys gobaith. Dechreuwch bontifficeiddio hyd syrffed am ddulliau *hypnobirthing* gan sicrhau eich bod yn plannu'r chwilen o'r cychwyn fod un dull o eni'n well, yn fwy cysegredig, na'r llall. Os digwydd i rywbeth fynd o chwith yn ystod yr enedigaeth, rhyw argyfwng meddygol dyrys efallai a fydd yn gofyn am fwy na *positive vibes* i'w ddatrys – argyfwng a fydd yn gorfodi'r meddygon i ymyrryd a gwyro'n llwyr, a hynny ar frys, oddi wrth y cynllun gwreiddiol er mwyn geni'r babi'n ddiogel a chadw'r ferch ar dir y byw – gwnewch iddi deimlo mai arni hi y bydd y bai am hynny am fethu â gwneud yr hyn sydd i fod mor rhwydd ag anadlu.

Holwch hefyd a yw hi'n gwybod ai bachgen neu ferch fach sy'n tyfu'n ei chroth. Os 'na' yw'r ateb, dywedwch wrthi y byddai'n ddefnyddiol darganfod beth yw'r rhyw o flaen llaw er mwyn corlannu'r babi ymhell cyn ei eni i gornel binc neu las. Os nad yw hi'n dymuno gwybod ac yn dweud nad oes ots ganddi, parhewch i'w phrocio. Edrychwch eto ar ei bol a cheisiwch ddyfalu. Os yw hi'n un o'r merched beichiog goruwchnaturiol hynny sy'n pefrio o'r eiliad y pisodd ar y ffon, a chromlinellau ei chorff yn berffaith dwt a'i bol yn ddiamwys o grwn: bachgen, heb os – o! am lwcus! Bydd hi'n siŵr o fownsio'n ôl yn sydyn iawn felly. Ond os yw hi'n edrych yn flinedig ac yn amlwg wedi magu pwysau o gwmpas ei phen ôl a'i chluniau: merch, yn sicr, achos mae genod bach yn dwyn harddwch eu mamau ac yn fwy o waith o lawer na hogiau, meddan nhw, tydyn? Os yw hi'n dindrwm ac yn drwsgl, cofiwch ei chynghori mai bronfwydo yw'r ffordd orau o golli'r pwysau 'na yn reit handi ar ôl y geni.

Ar ôl rhythu digon ar ei chorff, mynnwch wybod a oes ganddi restr o enwau posib. Ond cyn iddi gael cyfle i ateb, cofiwch ei rhybuddio iddi beidio â rhoi rhyw enw gwahanol (hynny yw, Cymraeg) ar y plentyn. Os gwnaiff y camgymeriad o rannu ei dewisiadau â chi, crychwch eich trwyn a'ch talcen a chodwch eich aeliau'n anghymeradwyol ar bob enw sy'n *rhy* Gymraeg at eich dant. Awgrymwch yn gryf y bydd hi'n tynghedu ei phlentyn i oes o drawma a chamynganu dybryd a chwestiynau cwbl ynfyd fel 'Ond be am y Saeson?' os bydd hi'n dewis rhyw enw lletchwith a phoerllyd. Hwyrach y gwnaiff y ferch ymateb gan rwgnach rhywbeth blin dan ei gwynt am gymhlethdod y taeog, beth bynnag yw hynny. Anwybyddwch hi, wir – mae hi'n amlwg yn hormonal neu'n flinedig neu rywbeth. Ystyriwch adael llonydd iddi ar y nodyn pigog hwn. Ond cyn gwneud hynny, mynnwch y gair olaf drwy gynnig ambell enw normal, heb *ch* na *ll* na gormod o ddeuseiniaid yn agos iddo, a dymunwch bob hwyl iddi â gweddill y beichiogrwydd.

Cofiwch hefyd gynghori'r ferch i 'wneud y mwyaf' o'r cwsg a gaiff rŵan: i aeafgysgu fel petai, dros y misoedd nesaf, cyn i'r babi gyrraedd. Anogwch hi i gysgu cymaint ag y medra, i gysgu lond ei bol fel petai'n wynebu cyfnod hir o ymprydio. Dywedwch wrthi am fwynhau deffro'n hwyr ar benwythnosau tra medra, fel petai modd casglu'r *lie-ins* fel pwyntiau Clubcard Tesco neu oriau fflecsi yn y gwaith, a'u defnyddio pan fydd gwir angen eu defnyddio. Ac os bydd y ferch yn cwyno wrthych fod cwsg yn bell ar hyn o bryd, rhwng y dŵr poeth a'r pwys mawr, rhwng y poenau cefn annioddefol a'r crampiau mwyaf uffernol yn ei choesau sydd wastad yn digwydd rhwng hanner nos a phump y bore, chwarddwch yn smyg ar ei naïfrwydd a dywedwch wrthi'n nawddoglyd nad oes ganddi syniad beth yw diffyg cwsg. All neb mo'i pharatoi am ddwyster y blinder sydd o'i blaen, na, ond rhowch gynnig arni, serch hynny.

Os gwelwch chi'r ferch hon eto – a hithau bellach yn fam flinedig, ddedwydd i fabi newydd-anedig – yn camu allan o gaffi â choffi poeth yn ei llaw, yn gysur ac yn wobr hyfryd am ei hymdrechion i setlo'r un bach drwy wneud sawl lap rhwystredig o gwmpas strydoedd llwyd y dre, anwybyddwch y ffaith ei bod hi ar fin dodi ei chlustffonau yn ei chlustiau ac ar fin cau'r byd allan am hanner awr (awr, efallai, os bydd hi'n lwcus) ar ôl noson hegar, ddi-gwsg a bore cyfa' o fronfwydo ar y soffa. Cofiwch ei stopio yn ei thracs i'w chyfarch a'i llongyfarch a sgwrsio a sgwrsio fel petai ganddi'r holl amser yn y byd i wneud hynny. Ewch ati i'w holi a'i stilio nes ei bod yn teimlo'r coffi'n oeri yn ei dwylo, nes bod y babi'n dechrau gwingo yn y goej ac yn bygwth deffro. Dyma'ch cyfle euraidd chi i roi pob mathau o gyngor iddi nas gofynnodd amdano.

Craciau

Ugain mis yn ddiweddarach, a minnau yn ôl yn fy ngwaith ers misoedd, dwi'n cracio fel y gwpan sydd wedi bod yn mwydo yn y sinc dan bentwr o lestri budur ers bore ddoe. Honno oedd – ydi – fy hoff gwpan, ac er gwaetha'r crac ynddi, mae hi'n cael ei chadw'n ddiogel yng nghefn y cwpwrdd llestri fel petai'n ffiol sanctaidd. Achos mae hi'n sanctaidd i mi.

Ar y gwpan fregus hon mae'r geiriau *Mam Arbennig* wedi'u cerfio'n fân ac yn ddelicet i'r seramig mewn ffont teipiadur hen ffasiwn. A Mam brynodd hon i mi fel 'anrheg bach i gofio' ar achlysur genedigaeth fy mab, ei hŵyr cyntaf-anedig. 'Dim ond rhywbeth bach, cofia, pwt', i nodi fy mod i, ei merch gyntaf-anedig, bellach yn fam. Ac o'r gwpan hon yr yfais fy mhanad gyntaf ar ôl cyrraedd adra o'r ysbyty. Ar ôl camu dros y trothwy i'n cartra am y tro cyntaf fel teulu bach dedwydd o dri, roedd hi'n disgwyl amdana i. Toddais yng nghoflaid Mam a oedd yn sefyll yn y drws yn barod i'n cyfarch, yn barod i gymryd y bag ysbyty a'r gwaith golchi oddi arna i, yn barod i ysgafnhau'r baich rywfaint sut bynnag y medra hi; yn barod i gymryd ei hŵyr bach i'w breichiau er mwyn i'w merch gael cyfle i ddod ati ei hun ac i yfed ei phanad gyntaf yn boeth. A hon oedd y banad felysaf erioed, melysach hyd yn oed na'r banad gyntaf un ar ôl llafur caled y geni. Yfais y banad hon yn dawel wrth wylio Mam yn troi'n Nain o flaen fy llygaid. Gallwn deimlo gwres y cariad diamod a ddiferai ohoni ac er bod y dagrau'n pigo a minnau dan deimlad dwys, ceisiwn fy ngorau glas i gadw ychydig o hunanfeddiant wrth wrando arni'n suo si-hei-lw yn swynol i'w hŵyr, yn union fel ag y gwnâi i mi fl-ynyddoedd maith, maith yn ôl. Achos rhwng y blinder llethol a'r hormonau a oedd yn chwyrlio'n wyllt o gwmpas fy nghorff, roeddwn eisoes wedi crio pob mathau o ddagrau ers geni'r mab. Byddai fy llygaid yn llenwi wrth syllu arno'n fwndel o lawenydd pur yn ei flanced weu, a byddwn yn cael fy nharo'n syfrdan gan anferthedd y cariad newydd, rhyfeddol, anhuna-nol, cyfarwydd-anghyfarwydd hwn a deimlwn – cariad a oedd yn fy llorio'n llwyr ac yn teimlo'n fwy na phopeth yn y byd, yn fwy na bywyd ei hun. A theimlwn mor ddychrynllyd o fodlon nes bod y bodlonrwydd hwn – neu, yn hytrach, fy ymwyby-ddiaeth o'i fyrhoedledd a'm dyhead amhosibl i ddal yn dynn, dynn ynddo am byth – yn fy ngwneud i'n affwysol o drist ar brydiau. Roeddwn i'n teimlo mor boenus o ddiolchgar, yn wirion bost o lwcus, yn afiach o freintiedig nes bod y fraint yn brifo ac yn pigo'n debyg iawn i euogrwydd. Ac wrth wylio fy mab, yn fy stâd sentimental, yn cael ei siglo ym mreichiau ei nain, straeniwn i beidio â cholli eiliad o'r olygfa dyner o'm blaen. Roeddwn am ddal yr olygfa hon fel polaroid ar flaen fy llygaid cyn hired ag y medrwn fel y gallwn ei ail-greu fel artist yn peintio darlun o'r cof. Ar ôl drachtio diferion olaf y banad, ildiais o'r diwedd i'r angen i flincio gan gau fy llygaid yn dynn, dynn fel dwrn rhag i'r atgof hyfryd hwn lithro ymaith a diflannu am byth rhwng y bylchau yn fy amrannau.

Mae gan Mam lwyth, a dwi'n golygu llwyth, o gwpanau cyffelyb yn ei chwpwrdd adra: pob un yn anrheg pen blwydd neu Sul y Mamau – anrheg cywilyddus o ddiddychymyg, fe ellid dadlau – gen i a'm chwiorydd ar hyd y blynyddoedd. Anrhegion a brynwyd mewn panig llwyr wrth i'r dyddiadau hyn nesáu, pan oedden ni'n rhy ifanc a thlawd i geisio anrhegion gwell. Dydi Mam ddim hyd yn oed yn yfed te na choffi, bechod. Ond er bod ganddi gasgliad go helaeth o gwpanau *Mam*, *Mam Orau yn y Byd*, *Mam Bia Fi a Fi Bia Mam*, *Mam Arbennig*, *Panad Mam*, ac yn y blaen ac yn y blaen ac yn y blaen, yn ei chwpwrdd llestri, nid cwpan ail-law a gefais ganddi. Roedd hi am i mi gael un fy hun. Roedd hi am i mi berchnogi'r gwpan a'r geiriau arni, a theimlo'r un cynhesrwydd, yr un cariad, yr un balchder a deimlai hithau o'u derbyn, er gwaethaf ein diffyg dychymyg wrth eu rhoi'n anrhegion iddi bob blwyddyn. Ac o'r eiliad y rhoddwyd fy mab ar fy mron, dwi wedi addo ac wedi ymlafnio i wneud popeth o fewn fy ngallu i fod yn gymwys – yn deilwng – i yfed o'r gwpan hon. A dyna pam dwi'n cracio weithiau, dwi'n meddwl.

Dwi'n cracio dan bwysau o bob math ac o bob cyfeiriad ac mae'r pwysau yn fy mathru, yn fy llethu, yn trethu fy ysbryd a'm hegni, yn wasgfa ym mhob asgwrn, yn gur yn fy mhenglog ac yn boen annioddefol yn fy asennau. Mae'r pwysau yn cipio fy ngwynt i ar brydiau nes fy mod i'n methu'n glir ag anadlu. Ac mae'r pwysau i geisio ei dal hi ym mhob man, i gyflawni pob dim ac i fod yn bob dim, yn wenwyn ym mhob anadl, yn bwys afiach yn fy stumog, a dwi'n teimlo fel taflyd-i-fyny, fel gwagio fy mherfeddion a chwydu'r holl ddisgwyliadau afresymol a lyncwyd ac a fewnolwyd gen i. Ond dwi'n cyfogi ac yn tagu ac yn methu ac yn mygu ac mae disgwyliadau pawb a neb ohona i yn pwyso ac yn fy ngwneud i'n sâl.

Roedd y pwysau i gadw fy mhen uwch y dŵr yn teimlo'n amhosib weithiau; i gadw fy mhwyll wrth forio cefnforoedd tymhestlog y misoedd cyntaf hynny fel mam newydd heb daro creigiau'r heriau a ddôi i'm cwfwr ar fordaith unig, lawn ansicrwydd. Ac ar ôl blwyddyn a mwy o nosweithiau ffitiog, darniog di-gwsg, mae pwysau pob cyfrifoldeb, pob dyletswydd, pob gorchwyl mawr a bach – yn cynnwys gwagio'r peiriant golchi neu gadw llestri neu olchi fy ngwallt neu frwsio fy nannedd – yn teimlo'n aml iawn fel tonnau'n torri fesul tunnell uwch fy mhen.

O ran fy hoff gwpan, pwy a ŵyr sut y craciodd hi. Mae'n ddigon posib mai arna i roedd y bai am ei gadael hi dan bentwr o lestri yn y sinc. Ond taswn i'n cael mwy o help heb orfod gofyn amdano, fasai'r llestri ddim yn pentyrru bob dydd fel y maen nhw, na'san? Tasan nhw ond yn cael eu golchi a'u sychu a'u cadw heb i mi orfod swnian, yna fasai 'na ddim crac yn y gwpan, na'sa? Ac mae'n bosib na faswn innau wedi cracio i'r fath raddau chwaith.

Bellach, oherwydd y crac sy'n rhedeg drwy'r gwpan hon, prin iawn y bydda i'n yfed ohoni, ond fedra i ddim yn fy myw â chael gwared arni. Fydda i ddim yn meiddio ei defnyddio os ydi'r mab o gwmpas, wrth gwrs, hyd yn oed os ydi o ar y llawr yng nghornel bellaf yr ystafell fyw a minnau'n sefyll yn y drws ag un droed yn y gegin, yn ei wylio o bell yn prifio'n hogyn bach, yn chwarae â'i geir a'i drenau lliwgar. Ond fedra i ddim dweud fy mod i'n poeni yr un fath am ei dad chwaith. Achos ar yr adegau prin hynny pan fyddwn ni'n dau'n digwydd bod yn yr un ystafell, dan yr un to, ar yr un adeg o'r dydd, a'r mab yng ngofal un o'i neiniau 'i ni gael ychydig o drefn ar y tŷ'; ar yr adegau hynny pan fydd o'n hwylio'r te i ni ac yn estyn am y gwpan *Mam Arbennig* o'r cwpwrdd heb sylwi ar y crac, heb sylwi ar y geiriau arni, yn cymryd yn ganiataol ei bod hi am ddal holl bwysau'r dŵr berw heb hollti wrth iddo dollti'r dŵr o'r teciall a gorlenwi'r gwpan yn ddifeddwl hyd y fyl nes bod y bag te'n chwyddo ac yn hisian yn flin; pan fydd o'n troi'r llefrith a'r siwgr yn ddiog heb fawr o ymdrech, yn rhicio'r serameg bregus yn anystyriol â'i lwy a'r dŵr wedyn yn llithro'n anorfod trwy'r crac ac yn llosgi ei gledrau wrth iddo basio'r gwpan i'm dwylo innau, ac yntau'n rhegi dros y lle i gyd ac yn rhoi'r bai arna i am gadw llestr mor ddibwrpas, yn rhoi'r bai arna i am beidio â dweud – er fy mod i wedi trio dweud lawer gwaith, a methu – ei bod hi wedi cracio, dwi ddim yn falch ei fod o'n cael ei losgi na'm byd felly, ond does gen i fawr o gydymdeimlad chwaith. Achos mae ei gwpan o, â'r gair *Dad* arno, yn gwbl rhydd o bwysau unrhyw ansoddair, yn dal – ar ôl ugain mis – fel newydd, heb gracio dim.

GRUG MUSE

DARLLEN MARGED AC ANGHARAD

Mae'r ysgrif hon yn ymwneud â bywydau dau fardd:

Angharad James, 1677–1749
Marged Dafydd, 1700–c.1780

Mae'r ysgrif hon yn ymwneud â bywydau dau fardd, a darllenydd (sydd hefyd yn ysgrifennu y testun hwn – wele'r ffiniau yn cael eu gwneud yn annelwig yn barod):

Grug Muse, 1993–presennol

Mae'r ysgrif hon yn ymwneud â bywydau dau fardd, yr awdur-ddarllenydd, a thithau, yr un sy'n rhedeg dy lygaid dros y geiriau hyn, y ddolen nesaf yn y rhes o bwythau:

Tithau, ?–?

Mae'r ysgrif hon yn ymwneud â'r broses o ddarllen ac am ddarllen fel rhywbeth sy'n cael ei wneud gan gorff, ac mae hi am ddaearyddiaeth a chreiriau ac adfeilion a phethau [angh]ofiedig eraill, a sut mae eu darllen.

Dwi'n darllen Angharad a Marged mewn caffi mewn tref fechan yn y canolbarth. Dwi'n eu darllen o flaen y tân efo paned. Dwi'n eu darllen ar y lôn o'r gogledd i'r de, dwi'n eu darllen yn y bylchau rhwng eu llinellau. Dwi'n eu darllen fel perfeddion gafr ac fel gweddi ac fel swyn.

ANGHARAD

Mae'n anodd clymu Angharad lawr i ffeithiau pendant, tu hwnt i'r esgyrn sychion.

Cafodd ei geni ar fferm Gelli Ffrydiau, yn Nyffryn Nantlle, yn 1677. Mae'r Brenin Siarl yr Ail ar yr Orsedd. Mae drama Aphra Benn, *The Rover*, yn cael ei pherfformio yn Llundain. Mae Antonie van Leeuwenhoek newydd ddarganfod bacteria.

Yn 1697, ar ei phen blwydd yn ugain oed, mae'n priodi William Pritchard, trigain oed, a symud ato i Barlwr Penamnen, yn Nolwyddelan.

Yn 1749, mae Angharad yn marw, ac yn cael ei chladdu yn eglwys Dolwyddelan.

MARGED

Mae Marged Dafydd, hefyd Margaret Davies, hefyd Margarett Davies, yn cael ei geni yn 1700. Mae hi dair blynedd ar hugain yn iau nag Angharad.

Mae hi'n cael ei geni ar fferm Coed Cae Du, Trawsfynydd, 123 o flynyddoedd wedi geni'r Sant John Roberts yn yr un plwy, fu'n ferthyr dros ei ffydd Gatholig.

Dyw Marged ddim yn priodi. Rhywbryd, tua 1766, mae hi'n gadael Coed Cae Du ac yn symud at berthnasau yn y Goetre, yn y Ganllwyd. Dyma – mae'n debyg – lle mae hi'n marw, rywbryd o gwmpas y flwyddyn 1780, yn ei hwythdegau.

Yn y blynyddoedd hynny bydd hi'n gweld Prydain yn lledu ei threfedigaethau yn India, Canolbarth a Gogledd America. Mae hi'n gweld y diwydiant gwlân yn tyfu yn ardal Dolgellau, a'r Welsh Plains yn cael eu gyrru i Ogledd America i ddilladu pobl Ddu wedi eu caethiwo.[1] Mae hi'n rhoi ei hamser rhydd i ohebu a chyfansoddi gyda'i chylch yn sir Gaernarfon a thu hwnt, gyda'i modryb, Margaret Rowlands, gyda Michael Pritchard, a Dafydd Jones o Drefriw, ac eraill.

---

1   https://cbhc.gov.uk/gwlan-cymreig-caethwasiaeth-ar-amgylchedd-adeiledig/

GRUG

Mi ddois i ar draws enwau Angharad James a Marged Davies fly-
nyddoedd yn ôl, wrth bori trwy flodeugerdd *Beirdd Ceridwen*,
a olygwyd gan Cathryn Charnell-White. Beth dynnodd fy sylw
at y ddwy yma i ddechrau oedd ambell fanylyn bywgraffiadol.
Dôi Angharad yn wreiddiol o Gelli Ffrydiau, fferm yn Nyffryn
Nantlle, nid nepell o lle tyfais i fyny, ac roedd Marged, hithau,
o Drawsfynydd, fel llawer o deulu Mam. Dim byd mwy mewn
gwirionedd na rhai enwau llefydd cyfarwydd yn eu bywgraff-
iadau, ond dyna natur y meddwl dynol mae'n debyg, greddf
yn ein gyrru i chwilio am batrymau yn y diystyr.

Yn ychwanegol, ac yn fwy perthnasol, neu o leiaf yn fwy
o gyfiawnhad dros fod â diddordeb yn y ddwy, roeddent yn
gopïwyr, hynny ydi, roedden nhw yn llythrennog, ac yn cadw
llyfrau lle bydden nhw'n copïo cerddi ganddyn nhw eu hunain
a beirdd eraill. Rhai o'r merched cyntaf yn y Gymraeg, nid i gyf-
ansoddi, ond i fod â'r gallu a'r adnoddau i gofnodi eu gwaith (a
gwaith eraill) mewn inc a phapur.

Yn olaf, roedd y ddwy yn cyfoesi gyda beirdd benywaidd
eraill, ac mae eu cerddi yn awgrymu eu bod yn cysylltu ac yn
cyd-sgwennu gyda'r beirdd benywaidd hynny. Ffaith arall ar-
wyddocaol yn hanes llenyddiaeth merched, gan fod y tradd-
odiad llenyddol yn tueddu i bwysleisio mai ffigyrau ynysig,
eithriadol oedd merched llengar yn hanesyddol, creaduriaid
abnormal ac unig, nid pobl fyddai efo pobl debyg iddyn nhw
y gallen nhw ddysgu ganddyn nhw, neu fod mewn cyswllt â
nhw. [2]

---

[2] Gweler y gyfrol How to Suppress Women's Writing (1983) gan Joanna Russ, lle
mae hi'n amlinellu strategaethau a ddefnyddir i wadu neu ddiystyru cyfrania-
dau llenyddol merched, sy'n cynnwys y duedd i bortreadu llenorion benywaidd
fel ffigyrau ynysig.

traddodiad

Os oes bwlch o sawl canrif rhyngof fi a'r beirdd hyn, mae bwlch hefyd yn y cof. Mae Angharad James a Marged Dafydd i raddau helaeth ymysg y lluoedd anghofiedig yn hanes Llenyddiaeth y Gymraeg, na chafodd eu cynnwys yn y blodeugerddi a'r modiwlau Cymraeg a'r cofebion.

Ym morderi taclus gardd y Canon Llenyddol Gymraeg, neilltuwyd rhai fel Marged ac Angharad i'r lleiniau gwyllt y tu hwnt i'r borderi. Maen nhw y tu allan i'r Traddodiad, hwnnw sydd, ar ei fwyaf blaengar, yn tueddu i neidio o Gwerful Mechain at Ann Griffiths, sy'n caniatáu i'r rhyw fenywaidd ei heithriadau disglair, ond yn gwadu iddi ei beirdd 'cyffredin'. Mae dau ddewis i'r bardd benywaidd: disgleirdeb neu ddifodiant, bod yn eithriadol neu fod yn anghofiedig.

Darllenwyr sydd wedi darllen Angharad a Marged allan o'r traddodiad. Hynny

olion

ANGHARAD
Mae Angharad yn gadael etifeddion. Plant ac wyrion a meibion, ac y mae'r rheini'n mynd ati i ysgrifennu amdani hi.

Yng nghofiant y Parchedig John Jones, Tal-y-sarn (1796–1857), mae Owen Thomas yn crybwyll Angharad fel un o hen hen neiniau John ar ddwy gangen ei deulu:

'Yr oedd yn cael ei chyfryf yn wraig nodedig o foesol [wrth gwrs!], ac, yn ôl syniad yr amseroedd, yn dra chrefyddol [h.y. nid oedd yn anghydffurfwraig, ond caiff faddeuant]; ac oblegid y cymeriad oedd iddi am ei dysgeidiaeth, a'i chydnabyddiaeth a chyfreithiau y deyrnas, yn nghyd a gwroldeb ei hysbryd [roedd hi'n ddynes mor dalentog, waeth i ti ei chyfrif hi yn ddyn], a'r dull arglwyddaidd ac awdurdodol oedd gwbl naturiol iddi, roedd gradd o'i harswyd ar yr holl wlad o'i hamgylch [dim byd mwy brawychus na yw, meidrolion, ac fel gyda gwaith cymaint o lenorion eraill, darllenwyr lledddiweddar yw'r darllenwyr meidrol hynny hefyd.

Proses ymwybodol, wedi'i lliwio gan genedlaetholdeb y bedwaredd ganrif ar bymtheg ydyw'r canon, a'r syniad o draddodiad llenyddol ffurfiol. Carfan fechan o ddarllenwyr (gwrywaidd, gwyn, yn rhannu cefndir addysgol, a gwerthoedd crefyddol penodol eu hoes, a gwerthoedd Ewro-ganolog, patriarchaidd a threfedigaethol) aeth ati i gribo trwy feysydd gwyllt straeon a cherddi a ysgrifennwyd mewn cyfres o dafodieithoedd a gategoreiddiwyd fel 'Cymraeg', a chwynnu a thocio a dewis eu hoff sbesimens, i'w trawsblannu i forderi twt y Traddodiad. Gardd sy'n edrych yn ddiymdrech a naturiol, ond sydd wedi ei

dynes ddysgedig, ys dwed yr *inspirational quote*]' (Owen Thomas, 1874, t. 25).

MARGED

Mae Marged yn gadael ewyllys. Mae hi'n gadael 'the sum of five hundred pounds of good and lawful money' ac 'also two beds' a 'the sum of two hundred pounds of like good and lawful money' a hefyd 'the like sum of two hundred pounds' a hefyd 'five guineas to buy a mourning ring' a hefyd 'two pounds' a hefyd 'fourty shillings annually' i 'Catharine John Evans' a hefyd 'also I give and bequeath unto my servant and maid Margaret Ellis spinster the sum of forty pounds, of like good and lawful money of Great Britain and also a feather bed quilt a pair of sheets a pair of blankets a bolster a pillow and also all and singular my wearing apparel (excluding my best gown)'.

chodi ar lafur ac ymyrraeth ddynol.[3]

Ac felly os etifeddu Traddodiad Llenyddol anghyflawn, etifeddu hefyd Draddodiad Darllen anaddas.

3   Gweler hefyd drafodaeth Rhiannon
    Marks ar y cysyniad o Flodeugerdd,
    yn 'Pe gallwn, mi luniwn lythyr',
    tt. 30–1.

GRUG

Mae gen i ddiddordeb yn Marged ac Angharad, nid oherwydd eu gwaith nhw yn unig, er bod hwnnw yn ddifyr ynddo ei hun. Mae gen i ddiddordeb ynddyn nhw – yn eu bywydau, a sut y down ni heddiw i fod â'u geiriau ar glawr.

Mae gen i ddiddordeb yn y ffaith nad yw eu henwau yn gyfarwydd, a bod chwilio amdanyn nhw yn yr archif fel datrys pos, pori trwy friwsion, a darnau drylliedig. Olion sydd weithiau o dan fy nhrwyn yn gwbl amlwg, dim ond bod angen troi'r allwedd i ystyr yr olion hynny ddatgan ei hun.

Rydw i wedi gyrru ar hyd y ffordd o Gaernarfon i Drawsfynydd gannoedd o weithiau mae'n siŵr. Dyna'r ffordd y byddem ni'n dod ar benwythnosau i ymweld â Nain a Taid Bala, gan stopio weithiau yn yr orsaf betrol ar y troad am Gwm Prysor.

Y dyddiau yma, dwi'n tueddu i ddal yn syth, heb droi. Does yna ddim rheswm i fynd i'r Bala mor aml erbyn hyn, ers colli Taid a Nain. Teithio fyny o Fachynlleth fydda i, nôl i gartre fy rhieni yn Nyffryn Nantlle. Wrth godi o gyfeiriad y Ganllwyd, mae'r Rhinogydd i'r gorllewin yn ymddangos yn anial a gwyllt, Bwlch Drws Ardudwy fel y bwlch rhwng fy nau ddant blaen. Ymlaen eto, a dyna'r atomfa yn dod i'r golwg, ac argae Stwlan fel set o ddannedd gosod ar gôl y Moelwyn. I'r dwyrain, dwi'n dod heibio'r troad am yr Ysgwrn. Mae'n rhyfedd be ti'n gofio, be ti'n sylwi arno. Mae'r troad am Gwm Prysor yn arwain at Lyn Celyn, y gronfa ddŵr ddrwgenwog. Ond does yna ddim llawer o sôn am yr ugain cartref a gafodd eu boddi yn y 1920au er mwyn creu Llyn Trawsfynydd.

* * *

Un pnawn ar fy nghyfrifiadur, dwi'n ceisio dod o hyd i'r Coed Cae Du ar fap. Mae'r map degwm yn dangos plwy Trawsfynydd cyn dyfodiad y llyn, gyda'r gors eang, a'r lôn yn rhedeg ar hyd trywydd mwy gorllewinol na'i llwybr presennol. Mae'r *Coed-gaedû* yno, ac enwau'r caeau – Bryn y Ddeiol, Arloes, Bryn y Bont Bren a Buarth Bryn yr Ŵydd. Dwi'n gosod troshaen y map modern am ei ben, ac yn ei lleoli hi mewn perthynas â thirnodau mwy modern. I'r de o'r atomfa, i'r gorllewin o'r lôn.

Y tro nesa dwi'n gyrru heibio, a'r tro wedyn, ac eto y tro wedi hynny, dwi'n cadw llygad ar y ffermydd ar ochr orllew-inol y lôn, ar ôl troad yr atomfa. Dwi'n darllen arwyddion, yn trio cofio trefn y ffermydd. Dwi'n meddwl 'mod i wedi cael hyd iddi, ond dwi'n pasio yn rhy gyflym i ddarllen yr arwydd. Dwi'n gorfod gyrru heibio sawl tro cyn medru cadarnhau 'mod i wedi canfod y lle cywir.

Arwydd du, metal: Coed Cae Du. Cip o'r to dros ael bryn bychan. Simne, siediau. Gwennol yn codi o do beudy, fflach o olau haul wrth i'r dydd ddiflannu'r tu ôl i Foel y Sgwarnogod. A dyna'r cwbl; mae'r car wedi gwibio heibio.

Yn ogystal â bod yn fardd, roedd Angharad yn delynores, ac mae hanesion chwedlonol eu naws yn goroesi amdani fel pibydd brith yn cael ei gweision a'i morwynion i ddawnsio i gyfeiliant ei thelyn.

Mae'r cerddi sydd wedi'u cyhoeddi yn *Blodeugerdd Ceridwen* yn tystio nad digyswllt oedd y diddordeb mewn barddoniaeth a cherddoriaeth, ond fod y ddau wedi eu cyd-blethu ganddi, gan fod nifer o'r cerddi yn dwyn enwau alawon. Nid cerddi, ond caneuon felly.

Un o'r penillion hynny yw 'Byrder Oes', a dwi'n cael fy nal yn syth gan yr is-deitl: 'Dyma bennill oherwydd byrred oes dyn'. Mae rhywbeth syfrdanol yn yr 'oherwydd' bach yna, sy'n newid a miniogi ystyr yr is-deitl rywsut. Mae'n troi'r pennill o fod yn un disgrifiadol i fod yn rhywbeth mwy dirdynnol, lle mae'r gerdd ei hun bron yn amddiffynfa i'r traethydd.

olion

'Cyn mynd i orffwys y nos, ar awr benodol, byddai raid i'r holl deulu, y gweision a'r morwynion, ddyfod ynghyd i ddawnsio am ryw gymaint o amser, tra y byddai eu meistres awdurdodol yn chwarae ar y delyn. Yr oedd hyn yn ddefod sefydlog, haf a gauaf, fel dyledswydd deuluaidd. Pan fyddai y gwartheg, yn yr haf, ym mhell oddiwrth y tŷ, tuag Aberlleinw, elai Angharad gyda'i morwynion i odro; ac wrth ddychwelyd adref, rhoddid y beichiau llaeth i lawr mewn lle penodol fel y gallent orphwys. Yna canai y feistres, tra yr ymroddai y morwynion i ddawnsio. Dyna oedd yr arferiad, pa un bynag ai ar wlaw neu hindda nid oedd gwahaniaeth; yr oedd rhaid myned trwy y ddefod. A galwyd y lle hwnw yn "glwt y ddawns" hyd y dydd hwn.'

(Thomas, 1874, t. 26)

Mae'n agor trwy gymharu bywyd efo cawod fer o law, a dwi'n ei dychmygu fel y cawodydd sydyn hynny sy'n dod yn y gaeaf, y glaw yn syrthio'n drwm a didrugaredd, cyn i'r storm gael ei chwythu dros y bryn nesaf. Fel hyn yn union y mae poenau bywyd yn syrthio, yn ôl Angharad: yn ddidrugaredd a sydyn, cyn peidio yn ddisymwth ac annisgwyl. Nid rhywbeth ysgafn yw bywyd i'r tra-ethydd yn y pennill hwn, ond trwm a sydyn. Mae'n dwyn i gof eiriau'r athronydd Thomas Hobbes (1588–1679) a'i ddisgrifiad cofiadwy o fywyd y tu allan i'r wladwri-aeth fel 'brutish and short'. At ddiwedd y gerdd, mae'r traethydd yn troi at ei ffydd. Mae'r 'Un a Thri' yn cyfeirio at y drindod sanctaidd, Duw yn un yn y Tad, y Mab a'r Ysbryd Glân. Nid cawod o flinderau fydd y bywyd nesaf, hwnnw fydd yn dragwyddol ac yn 'ddedwyddol'.

Dwi ddim yn siŵr, er gwaethaf y '[b]linder bydol', ai balch yw'r traethydd mai

'Byrder oes[5]

'Dyma bennill oherwydd byrred oes dyn, ar 'Leave Land':

Nid ydy ein hoes ond cafod fer
A roed o flinder bydol:
Ymwnawn, ni gawn gan Un a Thri
Lawenydd diderfynol
Mewn hapusrwydd yn y Ne',
Da diddan, le dedwyddol.'

---

5   *Beirdd Ceridwen*, gol. Cathryn Charnell-White, t. 163.

byr yw oes dyn neu beidio.
Dwi'n gobeithio ddim.

* * *

Ond cân yw hi, nid cerdd,
ac mae enw yr alaw wrth ei
chwt yn dal i bigo'r chwil-
frydedd. Dwi eisiau clywed
sut y byddai hi wedi ei swnio
wrth i Angharad ei chanu hi.

Yr unig gliw sydd ar gael
yw enw'r alaw – 'Leave
Land', a dwi'n cychwyn
trwy roi'r enw hwnnw trwy
Spotify, ond yn cael dim lwc.

Dwi'n tyrchu'n bellach, ac
yn dod o hyd i enw Cymraeg
yr alaw, 'Gadael Tir'. Ond
mae sawl fersiw:, 'Gadael
Tir, y ffordd hwyaf', neu 'Y
tri thrawiad deheubarth' a
'Gadael Tir, y ffordd fyrraf'.
Wrth bori drwy archifau'r
Llyfrgell Gen, mae'n ymd-
dangos bod y ddwy alaw yn
fesurau poblogaidd ar gyfer
baledi, fel 'Lladron Plas y
Cilgwyn', Richard Owen
Aelhaearn Hir[4], neu 'Cyffes

Gadael Tir[6]

---

4   https://archive.org/details/wg35-
     2-2031/mode/2up

6   Gadael y Tir: https://digital.nls.
     uk/special-collections-of-print-
     ed-music/archive/104980052 yn
     *Musical, and poetical relicks of the
     Welsh bards* gan Edward Jones,
     argraffwyd yn 1811.

pechadur edifeiriol gydag erfyniad difrifol at Dduw am faddeuant', ond unwaith eto, geiriau sydd yma heb y nodiant. Dwi'n dod o hyd i gopi o'r 'ffordd hwyaf', ond nid honno sy'n ffitio'r geiriau, a does dim golwg o'r ffordd fyrraf.

Fisoedd wedyn, dwi'n baglu drosti (gymaint ag y mae rhywun yn medru baglu ar y we) ar wefan Llyfrgell Genedlaethol yr Alban, mewn llyfr o'r enw *Musical, and poetical relicks of the Welsh bards* (1811), wedi'i brechdanu rhwng 'Y Fwyna'n Fyw' ('pathetic and slow') a 'Hela'r Ysgyfarnog' ('allegro ma non troppo').

Dwi'n argraffu copi o'r dudalen, ac yn estyn piano trydan fy chwaer, sydd yn fy ngofal i dros dro tra'i bod hi draw yn gweithio yn Alaska. Yn araf bach, efo un bys trwsgl, dwi'n seinio nodau'r alaw, yn ceisio ffitio'r geiriau i'r nodiant.

Mae hi'n alaw od, a herciog — neu felly mae fy fersiwn i ohoni beth bynnag. Dwi'n dychmygu Angharad yn ei chanu hi. Oedd hi'n gân i'w rhannu'n gyhoeddus, o flaen cyfeillion? Neu oedd hi'n gân i'w chanu i chdi dy hun, yn dawel bach?

GRUG

Mae hi'n ddiwedd yr haf pan dwi'n parcio'r car yn Nolwydd-elan. Mae'r eglwys fach yn dawel, a'r gwair diwedd haf yn y fynwent wedi tyfu dros fy mhengliniau.

Mae cartref Angharad ychydig filltiroedd eto o'r eglwys hon, ond dyma lle roedd hi'n dod i addoli. Heddiw, mae'r lle'n dawel. Mae brigau'r coed y tu allan i'r eglwys yn crynu yn y gwynt, ac yn taflu cysgodion fel golau cannwyll ar y pared, ac mae'r lle yn llawn arogl lafant. Ar y llawr, nid nepell o'r allor, mae un garreg fedd syml, gyda thri dyddiad a thri enw:

DW i gychwyn, am Dafydd William, mab Angharad, fu farw yn 16 oed yn 1729.

Yna AJ – Angharad James, a'r flwyddyn 1749.

* * *

Dwi'n gadael yr eglwys a'r pentref gan ddilyn hen lôn drol hir a throellog drwy'r coed. Mae hi'n ddiwedd haf, mae'r cloddiau yn llawn mwyar. Enw arall ar y ffordd drol hon yw Sarn Helen, ac mae hi'n arwain o Ddolwyddelan trwy Gwm Penamnen, ac yna drosodd am Fro Ffestiniog, a Thomen y Mur. Heddiw, mae hi'n dawel, ac yn ddigon serth i wneud i mi golli fy anadl.

Ymhen ychydig ddyddiau, mi fydda i yn cael galwad ffôn efo meddyg, fydd yn rhoi diagnosis i mi o orbryder ac iselder. Heddiw, dwi'n trio canolbwyntio ar anadlu, ar gadw fy mhen uwchben y dŵr. Mae llusgo fy hun i chwilio am feddau hen feirdd yn gystal ffordd ag unrhyw beth o drio gwneud hynny.

Dod rydw i i chwilio am weddillion Parlwr Penamnen, y tŷ a adeiladwyd yn wreiddiol gan Maredudd ab Ieuan yn y bym-thegfed ganrif, ac a ddaeth yn gartref i Angharad yn ddiwedd-arach. Mae'r lle yn gorwedd ar lawr Cwm Penamnen, cwm uchel, hir, i'r de o bentref Dolwyddelan. Mae'r ffordd at y cwm yn codi trwy geunant cul a choediog, cyn agor yn gwm llydan lle mae'r llethr yn troi'n wastad. Enw'r afon ar y map yw 'Afon Cwm Penamnen', ond mae'n debyg mai'r hen enw oedd Afon Beinw. Cyn dod at lawr y cwm, mae'r afon yn dod dros raeadr fechan, a chyfres o geubyllau troellog, ac yn ffurfio pwll llonydd, dwfn.

Dwi'n troi oddi ar y llwybr, ac yn gwneud fy ffordd lawr at yr afon, a thynnu fy nillad nofio o fy mag. Mae'r dŵr yn oer dan gysgod y coed, a dwi'n dal fy anadl ac yn suddo dan yr wyneb ac yn aros yno mor hir ag y medra i, y dŵr a'r tywyllwch a'r ysgafnder yn gwneud i bopeth deimlo'n bell, ac yn well, am yr eiliadau hynny o leiaf.

Unwaith dwi nôl ar y lan mae'r teimlad hwnnw'n diflannu, ac mae fy anallu i ddal gafael ar y teimlad yn brifo ac yn blino, ond dwi'n gwisgo amdanaf ac yn cario mlaen i fyny'r dyffryn.

Wrth gerdded, dwi'n ceisio dychmygu pa rôl roedd yr afon fach yma yn ei chwarae ym myd Angharad. Ffynhonnell gyfleus o ddŵr, a bwyd? Perygl mewn tywydd mawr? Ystyriaeth ymarferol, neu oedd yna hamdden a phleser i'w cael o'r afon hon, tybed? A wnaeth hi ddringo lawr at y pistyll erioed, a rhyfeddu at ffurfiau cain y ceubyllau, neu ai llygaid ymarferol yn unig a fyddai ganddi ar eu cyfer?

O'r diwedd, dwi'n cyrraedd y Cwm, a Pharlwr Penamnen. Mae'r adfeilion yn amgylchynu dwy ochr y ffordd drol: rhes hir o seiliau ar y dde, ac olion eraill o dai unigol, neu feudai a siediau, ar y chwith. Tu hwnt i'r rheini, llawr y cwm, a Charreg Alltrem yn codi o'r coed. O flaen yr adfeilion, mae yna arwydd yn adrodd hanes y lle, o'r bwthyn bychan gwreiddiol i'r stryd o dai a fodolai yn y bedwaredd ganrif ar bymtheg. Yng nghyfnod Angharad, roedd hi'n rhentu adeilad oedd yn gyfres hir o bedair ystafell neu estyniad. Roedd hi hefyd yn rhentu ac yn ffermio rhan helaeth o'r cwm, ond heddiw mae'r lle wedi ei feddiannu gan goedwigaeth, a dim golwg o'r tir amaethyddol oedd yno unwaith.

Dwi'n dringo tros garreg drws un o'r tai, yn rhedeg bysedd dros y cerrig, olion hen ffenestri, y llefydd tân a'r aelwydydd, yn eistedd ar fainc garreg a osodwyd gan rywun, rywbryd, ar bwys y ffenest.

bylchau

Yr hyn mae'r pori a'r cribo a'r chwilio yma wedi ei wneud, yn y pen draw, ydi amlygu'r bylchau. A mwy dengar na'r un bwlch arall yw'r bwlch hwnnw y gallwn ni weld ei amlinell – hynny ydi, yr hwn rydyn ni'n gwybod ei golli.

Diflannodd Llyfr Coch Angharad rywbryd yn y bedwaredd ganrif ar bymtheg. Mae'r rhan fwyaf o be rydyn ni'n ei wybod amdano a'i gynnwys yn dod o sylwadau dyn o'r enw Gutun Peris, a oedd wedi cael benthyg y llyfr gan ei berchnogion yn 1804. Disgrifiodd Gutun y llyfr fel un 'at faint llyfr gweddi gyffredin, mae e gwedi ei rwymo yn dda, a chlasbiau i'w ddal yn gaead' (yn Thomas, 1874, t. 1027). Yn hwn roedd Angharad wedi copïo 116 o gerddi, ac yr oedd naill ai wedi ei ysgrifennu mewn inc coch neu wedi ei rwymo mewn defnydd coch. Y demtasiwn ydi llenwi'r bylchau hyn yn yr archif gyda ffrwyth y dychymyg, cymryd y cliwiau hynny sydd gennym i beintio dros y mannau gwyn.

ANGHARAD

Mae Angharad yn cael ei deffro gan olau'r lleuad trwy ffenest ei llofft. Yr ochr arall i'r Cwm, mae pob hollt a bwlch yng Ngharreg Alltrem i'w gweld yn glir yn y golau arian.

Mae hi'n codi, yn tynnu coban amdani, ac yn estyn am gannwyll. Mae'n ei gosod ar fwrdd bychan wrth y ffenest, ac mae'r ystafell yn llenwi â golau melyn, crynedig. Yng nghornel bella'r ystafell mae'r delyn, y gorchudd drosti yn taflu cysgod siâp Carreg Alltrem ar y pared. Dyw'r delyn heb ei chyffwrdd ers misoedd, dyw'r awydd ddim wedi bod arni i chwarae.

Mae gweddill y tŷ yn dal ynghwsg, ond mae Angharad yn hoff o'r awr dywyll hon. Yn y gaeaf, pan mae'r dydd yn fyr, mae hi'n hollti'r nos yn ddwy ac yn dwyn yr awr fach dawel hon iddi hi ei hun.

Mae hi'n estyn am ei llyfr, a phot o inc coch, yr hwn y mae hi'n ei baratoi ei hun gyda gwynwy, gwm Arabaidd, a fermiliwn.

Mae hi wedi bod yn gweithio ar gerdd ers rhai misoedd. Mae rhai penillion wedi dod yn rhwydd, wedi llithro i'w lle fel llefrith yn llifo o biser i lestr. Mae eraill wedi costio'n ddrud iddi, pob cytsain ac acen. Ond nawr, mae hi'n barod.

Mae'n rhoi blaen y pin ysgrifennu yn yr inc, ac yn cychwyn. Gyda phob llythyren, mae hi'n teimlo ei hun yn dychwelyd o rywle pell.

darllen

Ond beth yw'r peryglon o grwydro'n rhy bell o'r archif? O gymryd mân gliwiau allan o gyd-destun hanesyddol a chreu cymeriadau, hanesion, a cherddi sydd wedi eu lliwio gan ein darlleniadau, diwylliant a gwleidyddiaeth gyfoes? A oes posib mynd â rôl greadigol y darllenydd yn rhy bell?

Efallai fod yr ateb i'w gael wrth holi beth sy'n digwydd pan ydyn ni'n glynu'n rhy agos at yr archif. Y perygl amlycaf yw syrthio i'r fagl o ragdybio fod yr archif ei hun rywsut yn ddiduedd. Fel mae Hartman yn ei ddangos yn ei gwaith gydag archifau gelyniaethus, nid darlleniad diduedd yw darllen yn agos at yr archif, ond darllen yn ôl tueddiad i gyfeiriad penodol. Gall pellhau o'r archif, yn ofalus a meddylgar ac yn chwilfrydig, fod yn ffordd o atgyweirio darlleniad sydd wedi glynu hyd yma'n rhy agos at yr archif. Dull sydd wedi'i seilio mewn cred gyfeiliornus ym modolaeth yr hyn sy'n wiriadwy-wyddonol, yn ôl safonau gwyddorau'r Gorllewin, yw un o nodweddion gwerthoedd yr oleuedigaeth. Rhoi ffydd mewn safonau gwiriadwy, gwrthrychol. Categoreiddio, dosbarthu. Rhoi'r naill beth yng nghategori'r Traddodiad, rhoi'r llall i'r llwch.

Tuedd felly i ddiystyru'r posibiliadau na ellir eu profi, yr anallu i ymdopi efo categori'r 'posibl'. Ac yn gysylltiedig, wrth ddarllen, yr arfer o ddosbarthu gwaith yn ôl safonau mympwyol, ac ar sail gallu darn o waith i gyrraedd y safon honno neu beidio, dewis diystyru neu ddyrchafu.

Dull o ddarllen sy'n cau a chrebachu a dileu.

MARGED

'Ni ellir cadarnhau honiad J. H. Davies y bu Marged Dafydd ac Angharad James yn gohebu a'i gilydd'.

Mae Marged yn gwrido a'i hanadl yn cyflymu wrth redeg ei llygaid dros y llythyr. Mae hi'n astudio llawysgrifen y wraig hŷn, yn dotio at siapiau crwn ei llythrennau, fel boliau crwn.

'Annwyl Marged...'
Mae'r ateb wedi dod yn gynt na'i disgwyliai.
'... anfynych y byddaf yn ymadael a'r cwm hwn y dyddiau hyn. Melys fyddai gennyf gael ymweld â chi ryw ddydd yn eich cartref yn y Coedcae Du, ysywaeth, y mae'r daith dros y Migneint yn un rhy bell; ers colli Dafydd, fy mab, rwy'n gyndyn o adael y Parlwr — mae gormod o fy eisiau yma, i gadw trefn. Ond yr wyf wedi clywed am eich casgliad — fel y gwyddoch, yr wyf innau wrthi ers blynyddoedd hefyd yn copïo ambell beth a ddaeth i'm llaw, a mawr obeithiaf ei fod yn dod a'r un pleser i chwi ag y bu i minnau dros y blynyddoedd. Amgaeaf gopi o'r hwn yr holasoch amdano, ynghyd ag ambell i bennill diweddar...'
Mae Marged yn codi oddi wrth ei bwrdd ysgrifennu wrth iddi ddarllen trwy'r pentwr papurau amgaeedig. Mae hi'n symud at y ffenest i gael gwell golau. Mae hi'n ceisio dychm-

ygu'r ddynes hon yn ei chwm pell, gyda'i Lladin a'i thelyn, a'i llawysgrifen gain.

Mae hi'n llithro'r llythyr a'r cerddi mewn i flwch pren, i ddychwelyd atyn nhw yn nes ymlaen.

DARLLEN

Yn ei hysgrif ddylanwadol 'Paranoid reading and reparative reading, or, you're so paranoid, you probably think this essay is about you', mae Eve Kosofsky Sedgwick yn dadlau o blaid math o ddarllen atgyweiriol ('reparative') fel dull o ddarllen testunau gelyniaethus. Mae ei darllenwyr atgyweiriol hi yn darllen yn erbyn tueddiadau 'paranoiaidd', ac yn hytrach yn chwilio am yr harddwch mewn testun, yn bod yn barod i gael eu synnu, ac yn chwilio am ddeongliadau sy'n lleddfu neu'n gwella.

Beth all ymagweddiad darllenydd atgyweiriol ei gynnig wrth ddarllen gwaith rhai fel Marged ac Angharad? Darlleniad sy'n agored i bosibiliadau a sawl ffordd o ddarllen. Darllen sydd ddim yn ofnus, ond yn mentro, yn chwilio yn y cerddi am y posibiliadau hynny i uniaethu, cael dy symud, camddeall, ailddehongli, darllen i ddarganfod posibiliadau, chwilio am y disglair ac nid y 'dim llawer o gamp'.

Dwi eisiau agor cil y drws ar sawl posibilrwydd, sawl darlleniad, sawl bodolaeth, sawl breuddwyd.

GRUG

Mae hi'n fis Tachwedd, dwi wedi gorffen gwaith yn gynnar ac wedi parcio wrth ymyl toiledau'r Ganllwyd. Chwilio am y Goetre rydw i – tŷ arall sy'n gysylltiedig efo Marged Dafydd. Bu ei modryb, Margaret Rowland, yn byw yno, ac mae cerddi gan y naill i'r llall wedi goroesi. O gwmpas 1766, a hithau yn ei chwedegau, mae'n debyg i Marged adael Coed Cae Du a symud at ei pherthnasau yn y Goetre, ac yno y bu farw.

Dwi'n croesi'r ffordd, dros y bont lle mae afon Gamlan yn rhaeadru mewn i'r Fawddach. Dwi'n dilyn llwybr serth sy'n codi trwy'r coed, gan fynd heibio i yrr o wartheg yr ucheldir efo'u cotiau hirflewog rhytgoch. Mae llawr y goedwig yn llawn madarch o bob math, yn felyn a gwyn a llwyd. Mae hi'n bnawn mwyn, a dwi'n diosg het a chôt wrth fynd.

O'r diwedd, dwi'n dod i olwg hen wal gerrig, a hon yn dynodi'r ffin rhwng tir y Goetre a'r goedwig. Dwi'n croesi'r wal ar gamfa, ac yn fy nghael fy hun mewn cae corslyd o wair uchel. Dwi'n gwneud fy ffordd ar hyd llwybr sydd ddim yn dangos llawer o ôl cerdded, ac yn sydyn, mae'r tŷ yn dod i'r golwg. Mae'n dŷ carreg hynafol yr olwg, wedi'i hanner cuddio yn y goedwig. Mae'n teimlo'n uchel ac anghysbell, a dwi'n cael sioc bron o weld rhes o geir wedi eu parcio y tu allan, ar ôl dringo am filltir ar droed trwy goedwig drwchus. Am ryw reswm, roeddwn i'n disgwyl i'r tŷ fod yn adfail, ond fel y Coed Cae Du, mae'r Goetre yn dal yn gartref i rywrai.

Dwi'n craffu ar y tŷ, ond gan gadw fy mhellter, a heb oedi'n ormodol, rhag ofn i mi orfod esbonio, a does gen i mo'r galon i ddarganfod ai tŷ haf neu beidio ydi o erbyn hyn.

Dwi'n troi i ffwrdd yn anfodlon, gan ddilyn y lôn darmac i lawr o'r tŷ. Mae yna ran ohona i sy'n siomedig 'mod i heb ddarganfod murddun. Rhywsut, roedd adfail y Parlwr ym Mhenamnen wedi bod yn haws i'w feddiannu; er mai dim ond y seiliau oedd i'w gweld yno a'i fod wedi colli'r hyn oedd yn ei wneud yn dŷ, roedd yn dal i fod yn llestr digonol i ddal y dychymyg. Er eu bod yn fwy cyflawn eu hadeiladwaith, dim ond trwy adroddiadau Coflein am 'squared quoins' a 'Plank Montin screens passage' y mae modd cael mynediad at y Coed Cae Du a'r Goetre. Mynediad bylchog, rhannol, at gartrefi'r ddwy felly – yr oll sydd i'w gael, a'i ddarllen, a'i ddychmygu.

Ond falle mai'r bylchau hynny, yn eu ffordd, sy'n rhoi'r gofod i'r darllenydd ddringo mewn i'r testun. Llithro trwyddyn nhw, eu llenwi, neu rhoi llaw yn y twll a gweld sut mae'n ffitio, sut mae'n teimlo yn erbyn cledr llaw. A llithro allan, gadael ar-wyddion i'r crwydryn nesa, llwybr o friwsion neu ruban wedi'i glymu wrth ddarn o fwsog.

Dwi'n dychwelyd at y car, heibio i bistyll Rhaeadr Du, ac yn ôl i'r lôn, i gwblhau'r siwrne adre.

Llyfryddiaeth

Charnell-White, Cathryn A. (gol.). (2005). *Beirdd Ceridwen: Blodeugerdd Barddas o Ganu Menywod hyd tua 1800*. Llandybie: Barddas.

Curtis, Kathryn., Haycock, Marged., ap Hywel, Elin., & Lloyd-Morgan, Ceridwen. (goln). (1986). 'Beirdd Benywaidd yng Nghymru cyn 1800'. *Y Traethodydd*. CLXI, 598.

Hartman, Saidiya. (2019). *Wayward Lives, Beautiful Experiments*. London: Serpent's Tail.

Jenkins, Nia. (2001). 'A'i gyrfa megis Gwerful': Bywyd a gwaith Angharad James'. *Llên Cymru*. 24.

Jones, Edward. (1811). *Musical, and poetical relicks of the Welsh bards*. Llundain: Argraffwyd ar gyfer yr awdur.

Kinney, Phyllis. (2001). *Welsh Traditional Music*. Caerdydd: Gwasg Prifysgol Cymru.

Marks, Rhiannon. (2013). *'Pe gallwn, mi luniwn lythyr': Golwg ar Waith Menna Elfyn*. Caerdydd: Gwasg Prifysgol Cymru.

Ní Ghríofa, Doireann. (2020). *A Ghost in the Throat*. Gwlad Pwyl: Tramp Press.

Russ, Joanna. (1983). *How to Suppress Women's Writing*. UDA: University of Texas Press.

Schwartz, Selby Wynn. (2022). *After Sappho*. Norwich: Galley Beggar Press.

Sedgwick, Eve Kosofsky. (2003). *Touching Feeling: Affect, Pedagogy, Performativity*. London: Duke University Press.

Thomas, Owen. (1874). *Cofiant y Parchedig John Jones, Talsarn, mewn cysylltiad a hanes duwinyddiaeth a phregethu Cymru*. Cymru: Hughes.

OUI-NON … IA-NA

MIRIAM ELIN SAUTIN

Oui. Euh, non pas vraiment. Mais oui un peu. Et toi?
Ia. Er, na ddim rili. Ond ia 'om bach. A ti?

Aujourd'hui, 00h42 | *Heddiw, 00:42yb*

Mae oerni'r teils yn treiddio trwy fy nghoesau. Ma na
hanner awr di mynd heibio ma siŵr. Ella mwy. Mae
Matthieu'n pwyso yn erbyn ochr arall y drws. Mae ei
dawelwch yn gwthio i mewn i'r stafell, yn lapio'i hun o
fy nghwmpas, yn pwyso fy nhafod yn drwm ac yn fud.
Mae'r boilar yn dripian. Dan ni'n sôn ers wythnosau y
dylsan ni gael rhywun i ddod i'w drwsio.

Dim amser, dim cash, dim mynadd.

Mae'r diferion fel petaen nhw'n dod yn gynt rŵan.
Dwi'n estyn am y drych eto, yn plygu nghoesau am i
fyny, gwthio fy mysedd oer am i mewn, ac yn chwilio
unwaith eto. Dim byd. Dwi'n taflu mhen yn ôl yn erbyn
ochr y bath ac ma'n llygaid i'n llosgi. Mae'r llawr yr ochr
arall i'r drws yn gwichian. Mae na smotiau du a brown
yn britho cornel y nenfwd ac mae top y papur wal di
dechrau cyrlio'n felyn. Nathon ni bapuro'r stafell hefo'n
gilydd, bron i flwyddyn yn ôl bellach. Papur bach yn

trippy llawn cylchoedd un dros y llall. Nath Matthieu ffeindio rholyn enfawr ohono fo mewn sgip y tu allan i'r fflat. Cartio fo fyny i'r seithfed llawr. Do'n i heb sylwi tan rŵan bo ni di papuro'n gam uffernol.

Dwi'n rhewi – dwi'n teimlo rhywbeth. Mae blaenau fy mysedd yn tynnu'r sgrap o *latex* allan yn araf bach. Mae'n hongian rhwng fy mys a bawd, yn blisgyn brau ych-a-fi. Dwi'n codi – yn rhy sydyn ma siŵr – ac yn gorfod pwyso yn erbyn y drws a llyncu'n galed. Dwi'n aros yno am eiliad cyn ei lapio mewn papur toiled a'i stwffio i waelod y bin.

Mae'r drws yn crecian ar agor wrth i mi wthio yn ei erbyn gyda blaenau fy mysedd, yn taflu cryndod golau gwyn y stafell molchi i mewn i ddüwch clòs y fflat. Mae Matthieu'n eistedd ar stepan waelod y grisiau fyny i'r *mezzanine*. Mae'n sbio am i fyny ac yn aros am eiliad cyn codi.

'Je suis—'

'C'est pas de ta faute.'

A dim bai fo o'dd o chwaith. Jest ffycyp de. Mae'n digwydd.

Nôl yn y gwely, dan ni'n gafael yn ein gilydd yn dynn. Mae f'anadl i'n boeth i gyd ond dwi'n nythu mhen yn ddyfnach o dan ei ên. Masiwr bo fy ngwallt i'n cosi ei drwyn o'n uffernol, ond dio'm yn deud dim. Dio'm yn deud dim am y dagrau a'r snot yn llifo lawr fy nhrwyn chwaith. Mae ei law yn esmwytho fy ngwallt yn araf bach.

Mae o'n meddwl bo fi'n crio am be ddigwyddodd heno. Dwi ddim. Ddim rili. Dwi'n cyfri'r dyddiau o dan f'anadl – dylsa fo fod yn ocê. Dwi'n teimlo ei lygaid yn lled agored, a'i anadl yn ddwfn. Dwisho gofyn ydy o'n teimlo sut dwi'n teimlo.

Mae na fotorbeic yn refio lawr y stryd oddi tanodd.

Il y a cinq ans | *Pum mlynedd yn ôl*

Camais allan o'r tram yn teimlo'n ysgafn i gyd er gwaetha fy mag cefn trwm llawn traethodau i'w marcio a'r bag *projec-*

tor yn taro fy mhengliniau. Roedd y gwersi di mynd yn dda heddiw. Yn rili da. Rhyfeddol o dda. Mis i mewn i'r job ac o'dd hi fel petai rhywbeth di clicio o'r diwedd. Ro'dd hi'n syndod uffernol ond roedd cyflwyniad Louis ar ddiwedd y wers di neud i mi deimlo bron yn ddagreuol. Nes i glapio go iawn. Pwy sa di meddwl?

Croesais y ffordd ac anelu am y Pont de la Guillotière. Roedd ehangder afon Rhône yn ymestyn allan bob ochr i mi yn rhoi gwefr bob tro. Roedd y ddinas yn fyw a phrysurdeb y bobl, ceir a *scooters* yn gwibio o fy nghwmpas yn fy mywiogi, yn rhoi teimlad o bwrpas heb i mi o reidrwydd ddeall yn iawn beth oedd o. Cymerais gamau hirach, mwy pendant.

Treuliais y pnawn yn pori drwy stondinau llyfrau a records llychlyd ac yn chwilota am drysorau mewn farchnad dillad *vintage* ar hyd yr afon. Synnodd y ddynes y tu ôl i'r stondin pan ddeallodd nad oeddwn i'n Ffrances Es i'n goch gyda'r boddhad anghyfarwydd. Crwydrais ymhellach i mewn i ardal y Presq'île a phrynu *tarte à la praline rose* a choffi du mewn boulangerie ar y gornel. Roedd y crwst yn llawn menyn a'r llenwad pinc llachar yn toddi yn fy ngheg. Llyfais flaen fy mys a'i bwyso i mewn i bob briwsionyn nes bod y plât yn sgleinio'n lân.

Doedd hi ddim tan nes mlaen, wrth i mi sipian ar botel o Orangina ar risiau'r eglwys gadeiriol, gan wylio'r awyr yn meddalu'n biws o fy nghwmpas, i mi ddechrau teimlo'n oer. Dechrau teimlo'n unig. Roedd cwpwl yn eistedd wrth f'ymyl, yn chwerthin yn dawel a'u bysedd yn cosi cledrau dwylo ei gilydd yn ysgafn. O fy mlaen, roedd teulu ifanc yn ymlwybro o ddrws un bwyty i'r llall, yn trio dod o hyd i fwydlen i blesio pawb. Dechreuodd dau ffrind chwarae gitâr wrth y ffynnon. Codais o'r grisiau ac es i draw i'r *Tabac-Presse* ar y gornel a phrynu'r cerdyn post lleiaf naff oedd ar gael. Roedd gen i feiro yn fy mhoced o hyd ers gwersi'r bore.

Coucou Mam,

Sut hwyl? Gobeithio bod popeth yn iawn acw. Ma Lyon yn class. Lle hardd, vibes cool. Bwyd stiwpid o neis. Ma gwaith yn mynd yn well na'r disgwyl. Dwi ond di bod yn hwyr unwaith hyd yn hyn. Myfyrwyr yn dechrau bod yn llai sgeri. Cymraes arall hefyd yn gweithio yn yr adran, digwydd bod – byd bach!

Meddwl amdanoch chi i gyd yn aml. Edrych mlaen at ddod adre Dolig a gweld pawb (a'r môr) eto.

Methu chi, a bisous mawr mawr,

J x

Stwffiais y cerdyn i fy mag, yn barod i'w bostio cyn gynted ag ro'n i'n gweld bocs llythyrau.

Pingiodd fy ffon.

Ffion: Dan ni i gyd yn Hopper. Viens! x

Heb oedi, es i draw i safle metro Vieux-Lyon, yn blasu'r cwrw a'r pizza'n barod.

Ddois i o hyd i'r cerdyn post yng ngwaelod fy mag gwaith ychydig wythnosau'n ddiweddarach. Roedd y corneli wedi plygu a'r stamp wedi rhwygo.

Aujourd'hui, 2h07 I *Heddiw, 2:07yb*

Mae Matthieu ben arall y gwely yn dal i gysgu. Mae o'n wynebu'r wal ond mae bodiau ein traed yn dal i gyffwrdd.

Dwi'n estyn am fy ffôn o'r llawr.

Text gan Mam.

Dwi'n diffodd y sgrin ac yn ei osod ar fy nhalcen gan obeithio y bydd yr oerni'n lleddfu fy nghur pen. Mae na leisiau meddwol yn cyrraedd y fflat o'r stryd. Dwi'n rhychu nhalcen, yn trio gweithio allan be ma nhw'n ei ddweud ac mae'r ffôn yn syrthio nôl i'r llawr gyda chlec. Mae'r sgrin yn goleuo eto a dwi'n trio neud sens o neges Mam.

> **Mam:** Lyon ar y newyddion ddoe am fod y lle poetha'n Ffrainc. Glaw yma. Mam x

Dwi'n syllu ar y neges am sbel heb symud. Mae'r anadl yn crafu yn fy ngwddf. Ella bo fi'n sâl. Ydw, dwi bendant yn teimlo annwyd ar ei ffordd. Mae na wythnosau di mynd heibio ers y tro diwethaf i mi ffonio Mam. Dan ni heb siarad yn iawn ers iddi ddod yma ychydig fisoedd yn ôl. Fy mai i di hynny. Dwi di bod yn teimlo'n od ers i ni ffarwelio. Teimlad ych yn fy mol. Teimlad blin, trwm.

Dwi'n peswch ac mae Matthieu'n symud yn ei gwsg gan dynnu ei droed i'w hanner o o'r gwely.

Ping. 2h16.

> **Rob:** You out tonight meuf? We're all in the Labo, inducting the new batch of teachers. Where you at?

Bysa sudd oren yn rili neis rŵan, a tost a menyn. Hefo clwff o dorth adre, dim *baguette tradition*. Mae'r cypyrddau'n wag ddo. Dan ni'n dau'n hollol *merdique* yn cadw trefn ar bethau. Mae llawr y stafell wely'n garped o ddillad a does gen i ddim clem be sy'n lân a be sy'n fudr. Mae na arogl hen lwch yn yr aer, ac mae'r bocs pizza gwag wrth ymyl y gwely wedi dechrau troi'n sur. Dwi heb fod allan gyda'r criw prifysgol ers ychydig fisoedd. Mae'r patrwm o *apéros dinatoires* yn fflatiau ein gilydd, *pintes* ar dopiau ardal Croix-Rousse a *gintos* yn nhaf-arndai Saxe-Gambetta di mynd i deimlo fel ymdrech. Ma Ffi nôl yng Nghaerdydd ers dros chwe mis bellach. Symudodd hi'n ôl gyda Marion, y ferch o La Fourmillère. Yn ôl Insta, ma nhw'n 'joio mas draw'.

Dwi'n cicio'r gynfas oddi arna i ac mae Matthieu'n ochneidio cyn i'w anadl ddychwelyd i'w batrwm trwm rheolaidd. Dwi'n codi'n araf bach ac yn gwneud i'r gwely wichian. Mae nhraed i'n llusgo ar hyd y llawr a dwi'n mynd lawr y grisiau'n ofalus, yn gafael yn dynn yn y ffrâm bren. Mae'r fflat yn llonydd. Do'dd o ddim yn teimlo mor fach pan nes i symud i mewn. O ganol y stafell heno, dwi bron â chyffwrdd y pedair wal.

Il y a deux ans | *Dwy flynedd yn ôl*

'Blydi hel, ma nhw'n thic,' meddai Ffion wrth lowcian ei pheint o *blanche*.

'Ni sy'n athrawon crap, de,' atebais gan stwffio tafell arall o fara llawn *tapenade* i ngheg.

'Na ond sori, os wi'n darllen *I have twenty years old* unwaith eto af i'n nyts. Ma nhw'n dysgu Saesneg ers dros ddeg mlynedd. Deg mlynedd!' Tarodd ei gwydr peint gwag yn ôl ar y pentwr o draethodau ar y bwrdd.

Nos Iau oedd hi, ac roedd La Fourmillère yn *rammed*. Roedd na ryw fand mewn crysau blodeuog yn paratoi eu hofferynnau yn y gornel bellaf a gêm reit *heated* o darts newydd ddechrau yn ein hymyl. Setlais yn ddyfnach i fy nghadair gan sipian fy nghwrw.

'Er tegwch, dim nhw sy di dewis neud Saesneg, na? Y brif-ysgol sy'n deud bo raid nhw neud—'

'Ie, ie, wi'n deall hynny,' atebodd Ffion wrth drio sychu cylch cwrw oddi ar un o'r traethodau. 'Shit, ma'n *smudgo*. *I can buy stamps in the bakery* ddo. Ma'n rili rhaid fi newid job.'

'Ti'n athrawes wych, Ffi.'

'Na, wi'n *serious* tro ma. So'n nerfau i'n gallu handlo fe dim mwy.'

'Ti'n dweud hyn ers tair blynedd ond eto ti dal yma,' meddwn gan godi'n llaw ar y ferch y tu ôl y bar i ofyn am ddau beint arall. Gwenodd arnon ni. 'Pryd ti am ofyn hi allan?' gofynnais, gan roi cic ysgafn i Ffion dan y bwrdd.

'Ca' dy ben.'

'*Serious* wan.'

'Cau hi. Wi o ddifri am newid job, ti'n gwybod,' meddai Ffion gan droi ei chefn ar y bar. 'Amser i fi fynd nôl i Gaerdydd. Callio. Cael jobyn go iawn. Ni'n rhy hen i fod yn ffaffian obiti fel hyn.'

'Ond 25 ydan ni, Ffi!' atebais gan bigo cneuen oedd yn styc yn fy nannedd.

'Ie, yn gwmws. So ni'n 21 rhagor. A wi'n teimlo'n *weird* am hyn weithiau. So ti?'

'Be?'

'Cefnogi YesCymru a Plaid *and all that*,' dywedodd, gan bwyntio at y sticeri ar gefn fy ffôn. 'A co ni fan hyn yn lledaenu gafael Saesneg ar y byd.'

Edrychais lawr ar fy ffôn am eiliad cyn ateb. 'Mam nath roi'r sticeri na idda fi jest cyn gadael tro dwetha on i adra. Ma hi'n *hardcore* Plaid. Ma hi acshyli di dechrau sôn am sefyll yn yr etholiadau lleol nesa, sdi. Mynadd de!'

'Sut ma pethau da chi'ch dwy?'

Cleciais waelodion fflat fy mheint a sychu ngheg gyda chefn fy llaw.

'Dal yr un mor ddrwg felly?' gofynnodd Ffion gyda gwên garedig.

'Di petha ddim yn ddrwg, ddrwg twbo. Da ni jest wastad di gweld petha'n wahanol. Di hi methu deall pam fasa tisho gadael Pen Llŷn. Dwi wastad di bod yn *desperate* i—'

'*GTFO*?'

'Ia, *basically*. Wel, neu o leia ddim teimlo'n styc yno. Ma petha jest di mynd yn waeth ers y cyfnod clo diwetha. Ma'n teimlo fatha bo hi'n sâl yn poeni yn meddwl amdana fi'n bell i ffwrdd. Ond neith hi ddim dweud chwaith. Dwn im. Di Mam rioed di bod yn un dda am sôn am ei theimladau. Beth bynnag,' dywedais gan drio gwenu, 'os ydy o'n unrhyw gysur i ti, dwi'n athrawes mor chwit-chwat, di'r ffaith bo fi yma yn neud bali dim i helpu gafael yr iaith Saesneg.'

'Edrych, rhywbeth i godi calon — ma'n cwrw ni'n dod,' atebodd Ffion gan sythu ei chefn.

'Cyfle i ddeud *coucou*,' sibrydais gan wincian.

'Stopia fod mor *cringe*—'

'*Deux pintes de blanche?*' gofynnodd y ferch yn wenog.

'*Euh, oui. Merci,*' atebodd Ffi gan dynnu ei sbectol a chogian bach eu glanhau gyda'i chrys *corduroy*.

'*You are English?*' gofynnodd y ferch ar ôl gweld ein gwaith marcio.

'*No. Welsh — Galloises,*' ymatebodd Ffi. Fel bwled. *True to form.*

'*Ah, bon. Le Pays de Galles c'est pas Scotland?*' gofynnodd y ferch gan edrych arnon ni'n dwy bach yn ansicr.

'*Non. Wales.* Cymru.' Dechreuodd bochau Ffi gochi o dan ei swp o gyrls melyn.

'*Ah, ok. Cool,*' gwenodd y ferch cyn troi am yn ôl.

'*Ah*, wel, *there goes that dream,*' wfftiodd Ffi.

'Be — achos bo hi ddim yn nabod Cymru?'

'Wel...' Cododd ei chwrw â hanner gwên yn cosi ei gwefusau.

Yn sydyn diffoddodd goleuadau y bar a llenwodd yr ystafell â sŵn synth. O fewn dim roedd y byrddau a'r cadeiriau wedi eu llusgo at y waliau ac roedd y lle i gyd ar eu traed yn dawnsio.

'Dim Rob sy'n fancw?' gofynnais gan bwyntio tuag at fandana coch yn bowndio i fyny ac i lawr ddwy droedfedd uwchben pawb arall.

'Ie, fyd. *God*, ma'n acshyli gallu dawnsio'n reit dda. Shgwl ar i ben ôl bach e'n mynd.'

'Tyd!' Heb roi fawr o gyfle i Ffi ymateb, gafaelais yn ei llaw a llamu i'r gwres gyda chwrw a chanu a phytiau o sgyrsiau yn tasgu dros ein pennau. Tynnais ar gynffon ceffyl Rob ac wrth weld mai ni oedd yno gwasgodd ni'n dwy a'n codi oddi ar y llawr.

'*Les filles!*' gwaeddodd yn ei acen Seland Newydd gan wyro lawr a rhoi *bise* mawr i ni'n dwy. '*Look who else is here!*'

Edrychais y tu ôl iddo a gweld bod sawl un o adran Saesneg y brifysgol yn dawnsio'n frwdfrydig. Roedd Carrie lawr i'w bra yn barod. Cafodd potel o Leffe ei basio i mi o rywle ac o fewn dim ro'n innau'n symud yn rhan o'r dorf hefyd. Roedd y gerddoriaeth yn curo drwy fy nghorff, drwy fy mhen, hyd at flaenau fy mysedd. Caeais fy llygaid, ond roedd y lliwiau'n dal i bylsadu drwy f'amrannau.

Aujoud'hui, 2h30 | Heddiw, 2:30yb

Mae golau stryd melyn yn tasgu drwy'r ffenestr fechan hirsgwar uwchben y sinc. Dwi'n dringo i dop y cownter ac yn gosod fy moch yn erbyn y gwydr. Mae'r pedwar yn y stryd oddi tanodd yn gweiddi chwerthin ac un ohonyn nhw'n rowlio ar y pafin.

Ping arall. 2h32.

> **Mam:** Nes i ennill yr etholiad noson o blaen gyda llaw. Landslide. Bysa'n braf cael bach o dy newyddion. Mam x

Mae fy mol yn oeri a fy mrest yn tynhau. Ro'n i di addo anfon *postal vote* ar gyfer yr etholiad. Ro'n i di addo acshyli mynd yno yn wreiddiol. Nes i jest llwyr anghofio. Neu ai penderfynu peidio mynd wnes i? Mae ngheg yn mynd yn sych.

Alla i ddychmygu Mam ar soffa'r stafell fyw adra rŵan yn ei phyjamas yn syllu ar ei ffôn. Mae ganddi'r blanced oren flewog sydd wedi hen ffêdio o'i chwmpas. Yr un efo'r twll yn y gornel ers y tro na pan nes i a Twm ddwyn smôcs Dad ac wedyn gollwng y sigarét mewn panig. Mae ganddi baned o goffi du *decaff* yn ei llaw ac ma'r teledu mlaen yn dawel yn y cefndir. Rhyw crap ar S4C Clic mae hi di ddewis ar hap masiwr. Mae llofftydd Twm a fi yn wag uwch ei phen. Mae hi'n ymestyn ei chorff, yn trio llacio'r cylymau o'r tensiwn yn ei chefn sy di tynhau ar ôl diwrnod arall o wyro dros olwyn bws. Bydd rhaid iddi godi'n gynnar eto fory, ond di ddim yn barod i fynd i'w gwely eto. Sip arall o goffi. Checio ffôn. Mae'r cloc mawr yn tician y tu ôl iddi.

Il y a 18 mois | deunaw mis yn ôl

Y peth cynta i mi sylwi arnyn nhw oedd ei sanau lliwgar a'i drainers tyllog. Dyma fi wedyn yn sylwi ar ei lygaid gwyrdd a'r ffordd ro'dd o'n rhedeg ei law drwy ei wallt bob hyn a hyn fel petai o bach yn nyrfys.

Roedd criw ohonon ni'n eistedd mewn cylch yn y Parc de la Tête d'Or, yn dathlu pen blwydd Rob. O'dd o'n troi'n dri deg saith ond o'ddan ni i gyd yn meddwi fel petai o newydd droi'n ddeunaw. Ro'n i di mynd ati i drio pobi cacen, ond o'dd hi di llosgi cymaint o'dd Rob a Ffi'n ei thaflu o gwmpas fel *frisbee*.

'*I swear your head is always elsewhere,* Jet,' gwaeddodd Rob gan ddeifio'n ddramatig i ddal y gacen.

Llyncais. Roedd ei lygaid gwyrdd yn edrych arnaf i.

'*But that's why we love her! T'es chaotique!*' atebodd Ffi, gan roi cusan fawr ar dop fy mhen cyn rhedeg *full pelt* i ddal tafliad cam Rob.

Gwenais a chodi'n sgwyddau gan deimlo fy mochau'n cochi. Taflais olwg arno. Edrychodd i ffwrdd yn gyflym.

Yn araf bach yn ystod y pnawn, wrth i ni gael ein cario gan y llif o gwrw, dyma ni'n agosáu at ein gilydd nes bod ein pengliniau'n cosi.

'*Tu t'appelles* Jet?'

'*Oui. Et toi?*'

'Matthieu.'

'*T'es de Lyon?*'

'*Oui. Euh, non pas vraiment. Mais oui un peu. Et toi?*'

O'dd o'n gweithio fel *tour guide* o gwmpas Lyon. O'dd o'n byw yma erioed. O'dd o wrth ei fodd gyda'r ddinas, ond isio teithio mwy. De America ella os o'dd o'n llwyddo i gynilo digon o *pepettes*. O'dd o'n gallu dynwared twristiaid annifyr yn *spot on*. O'dd ei wên yn gynnes. O'dd o'n deud *Pays de Galles* a ddim *Angleterre*. O'dd o'n lyfio *olives* ac yn casáu datys. O'dd ganddo fo stash go dda o reu yn ei boced. O'dd o'n torri gwallt ei hun. O'dd o'n neud i mi chwerthin nes bod o'n brifo.

'*C'est pas trop mal. It's really not too bad you know,*' dywedodd wrth frathu mewn i'r gacen.

Roedd pawb yn dechrau gadael yn araf bach, gan hel y poteli a'r pacedi creision gwag.

Nath y ddau ohonon ni brynu bocs arall o gwrw ar y ffordd o'r parc ac yna eistedd wrth lannau'r Rhône tan iddi nosi a llewyrch y Grand Hotel-Dieu yn disgleirio'n stribedi ar hyd yr afon. Tan i mi orfod cuddio y tu ôl i'r *skate park* i bi-pi. Tan i ni ymdroelli nôl i'w fflat a dadwisgo ein gilydd.

Dyna o'dd ein patrwm am gyfnod.

Gymerodd hi sbel i ni sylweddoli ei fod o'n rhywbeth mwy.

Aujourd'hui, 3h19 | *Heddiw, 3:19yb*
Mae'r stryd yn dawel bellach.

Mae'r dagrau di sychu'n grwst ar fy mochau ond mae'n llygaid i'n dal i losgi.

Ges i fraw heno.

O fewn yr ychydig eiliadau na rhwng teimlo gwlypter yn llifo lawr fy nghoesau a gorfod rhuthro i'r stafell molchi, a'th fy meddwl i *overdrive*. Ges i'n llusgo lawr sawl llwybr a'm hyrddio i sawl dyfodol posib.

Dwi'n dechrau plicio'r paent oddi ar ffrâm y ffenestr gydag ewin fy mawd. A i i'r fferyllfa ben bore, jest i fod yn siŵr. Well neud. Na i drio ffonio Mam fory fyd. Holi am yr etholiad a hanes pawb. Ella na i anfon wbath bach yn post iddi. Sa Mam yn licio hynny.

Mae sŵn tonnau traeth Morfa yn lapio cregyn ar y tywod yn llenwi mhen.

Mae na *splinter* yn pigo blaen fy mys ond dwi methu stopio crafu'r paent.

Il y a trois mois | *Tri mis yn ôl*
'1 euro le kilo de carottes!'

'Et mes poires, regardez-moi ça, elles sont belles mes poires!'

Roedd hi'n fwrlwm yn ardal Croix-Rousse y bore hwnnw gyda'r farchnad yn ymledu ei hun ar draws y sgwâr ac wedi atynnu'r *usual suspects*. Roedd na deuluoedd yn ymlwybro o un stondin i'r llall gyda rhieni'n cario plant bach a melons trwm ar eu cefnau a hen ferched yn amlwg *on a mission* wrth lusgo eu trolis o un stondin i'r llall. Llenwodd aroglau cyfarwydd fy ffroenau. Pysgod ffres, cyw iâr yn crasu'n araf dros dân, caws raclette yn toddi, *artichokes* yn mudferwi, bara surdoes a menyn cynnes.

Roedd yr awyr yn las llachar, a haul mis Mai yn cynnig gwres meddal boreol. Ron i'n gwenu.

'Dwi newydd gerdded mewn cachu ci. Mae o bob man yma.'

Edrychais i lawr i weld Mam yn crafu ei hesgid ar sgwaryn bach o laswellt, yn pwffian gyda'r ymdrech. Roedd hi'n gwisgo *trainers* llwyd golau roedd hi wedi eu prynu jest cyn dod. Roedd ei thraed yn pinsian ar y diawl masiwr. Ddim bo hi di sôn. Gafaelodd yn fy mraich i gadw ei chydbwysedd wrth iddi blygu ei choes i edrych o dan ei hesgid.

'Ych-a-fi. Dim parch gan bobl, nac oes?' meddai, gan dynhau straps ei bag cefn dros ei *fleece Morfa Coaches*.

'Dyma fy hoff farchnad yn y ddinas,' mentrais gan deimlo'r pwysau i blesio yn gwasgu arna i.

'Neis iawn,' atebodd gan snwffian i mewn i hances ac yna ei thycio nôl i'w llawes.

'Tisio mynd draw i'r stondin *boulangerie* na ro'n i'n sôn amdani ar y ffor yma? *Café crème* bach i'n deffro ni?'

'O na, bach yn ddrud masiwr. Dwi'n iawn diolch, ges i baned cyn dod. Dwi di dod ag *oat cakes* hefo fi fyd.'

'Gosh, dwi heb gael *oat cake* ers blynyddoedd.'

Gwenodd Mam wrth glywed hyn ac estynnodd y paced o'i bag. Aeth y ddwy ohonom yn dawel wedyn, yn bwyta'r cylchoedd bach sych ac yn sbio o'n cwmpas, yn aros ar gyrion y prysurdeb. Yn araf bach cerddon ni draw at y patio i wynebu'r ddinas oedd yn ymestyn allan am filltiroedd o'n blaenau.

'Sbia, Mam, yn y pellter. Dwi'n meddwl bo ni'n gweld yr Alpau.'

'Yden ni?' gofynnodd Mam a chrychu ei llygaid. Roedd na *smog* yn casglu yn y pellter ond ro'n i bron yn sicr o'r awgrym pigog ar y gorwel. 'Nawn ni gael *selfie* bach felly, ia?' gofynnodd Mam gan estyn am ei ffôn o'i *bum bag*.

'O na. Well i fi dynnu llun ohonot ti o'u blaen nhw'n lle,' atebais, gan drio cadw fy llais yn ysgafn.

'*Go on*. Da ni heb gael run drwy'r wsos.'

'Na, ma'n iawn sdi Mam. Well cael llun neis ohonot ti o'u blaen nhw. Dwi'n ych i gyd efo'r annwyd ma.'

'Jet, plis. Dwi'n gofyn am un llun,' meddai Mam, yn dal i edrych am i lawr yn esgus chwilio am ei ffôn.

Ochneidiais yn dawel. 'Ia, iawn.' Es yn agosach ati hi a chefais ergyd o arogl cachu ci anffodus.

'Tynna di fo, ma dy freichiau di'n hirach,' dywedodd Mam gan glirio ei gwddf a gwenu ar y ffôn. Amlygodd y ddau *dimple* cyfarwydd eu hunain yn ei bochau meddal.

Estynnais fy mraich am allan. Roedd yr ongl yn un od wrth i mi drio ffitio ein hwynebau a'r cefndir y tu ôl i ni.

'O gwena, Jet!' meddai Mam rhwng ei dannedd. Ro'n i'n edrych yn ofnadwy – mop o wallt du, blêr a nhrwyn yn goch ac yn llifo. Snap.

Cipiodd Mam y ffôn o'm llaw a syllodd ar y llun. Edrychais dros ei hysgwydd – roedd y ddwy ar y sgrin i'w gweld yn cael hwyl.

'Neis,' dywedodd Mam gan stwffio'r ffôn nôl mewn i'w bag a gwyro yn erbyn y *railing*.

Roedd Lyon yn edrych yn anferthol o fama, yn *mish-mash* o doeau oren yn diflannu i'r gorwel gyda'r opera, yr eglwys gadeiriol ac ambell i *skyscraper* yn esgyn dros y cwbl. Roedd hi'n edrych yn llethol o anferthol. Ro'n i'n ymwybodol mwyaf sydyn ein bod ni'n bell o'r môr.

Troais fy mhen at Mam a shifftiodd ei phwysau o un droed i'r llall.

'Oes na reswm doeddet ti ddim eisiau i mi wybod bo ti a'r Matthieu ma'n byw hefo'ch gilydd?'

Roedd ergyd y cwestiwn mor annisgwyl dyma fi'n rhewi.

'Twm ddywedodd,' ychwanegodd Mam gan sbïo lawr ar ei thraed.

'Sori. Do'n i jest methu dychmygu sut fysa hynny'n... Di o ond ers tua mis.'

'Ti'n meddwl nei di aros yma felly?'

'Dwi'm yn gwybod − ma'n anodd gwybod yn iawn...' Teimlwn fy hun yn mynd yn boeth o dan fy het haul.

'Nath Twm sôn bo ti'n meddwl cael dinasyddiaeth Ffrengig fyd.' Doedd hi'n dal ddim yn edrych arna i.

'Dwi'm yn gwybod. Ella. Brexshit... Ma'n gwneud synnwyr. Doeddwn i ddim isio dy ypsetio di.'

'Fysa well gen i os sa ti di deud wbath.'

'Ond o'ddat ti ddim yn disgwyl fyswn i'n symud nôl adra, na?'

Arhosodd Mam y dawel am fymryn cyn ateb. 'Dwi'm yn gwybod sut i fod yn rhan o dy fywyd di weithiau.'

'Dwi'n trio ngorau,' atebais. Yn rhy sydyn. Yn rhy amddiffynnol. Ac yna, 'Ti'n ocê, Mam?'

'Yndw, yndw. Tsiampion. Ond dwi'n cyffio yn sefyll yma. Well i ni symud.'

Daeth yr amser i ffarwelio.

'Well i hwn gyrraedd rŵan, dwi'm isio bod yn hwyr,' dywedodd Mam gan ymestyn ei gwddf i weld os oedd y tram yn dod rownd y gornel. Roedd ganddi ei phasbort yn ei llaw yn barod, wedi ei selio'n daclus mewn waled blastig.

'Gen ti hen ddigon o amser, Mam, paid â phoeni. Dyma fo'n dod beth bynnag.'

'Wel, edrycha ar ôl dy hun,' dywedodd gan brysuro i godi ei chês. Heb dynnu ei llygaid oddi ar y rheilffordd gofynnodd yn dawel, 'Ti'n gwybod bo fi jest isio i ti fod yn hapus, yn dwyt?'

Estynnais am ei llaw a'i gwasgu am eiliad cyn ei gollwng.

Arafodd y tram gyda gwich fawr o'n blaenau.

'Cofia fi at Twm a phawb arall.' Roedd y geiriau yn teimlo'n wag. Dim digon. Ychwanegais, 'Fydda i adre toc. Ddo i nôl ar gyfer yr etholiad.'

Gwenodd Mam. Roedd hi'n wên drist.

Trwy'r ffenestr syllais arni'n straffaglu lawr yr eil yn trio dod o hyd i set wag. Roedd map o Lyon yn fflopian allan o'i phoced a syrthiodd ei photel ddŵr ar y llawr wrth iddi hwfftio ei bag i'r silff uwch ei phen. Bipiodd drysau'r tram cyn cau.

'Diolch,' dywedais yn uchel wrth iddi syllu arna i trwy'r ffenestr. Nath hi run arwydd o fod wedi fy nghlywed. Ac o fewn dim roedd hi di mynd ac aeth y cei yn dawel. Doedd neb ar ôl ond dyn canol oed yr ochr arall i'r stryd yn aros i'w gi orffen gwneud ei fusnes. Sythodd y ci ei goesau ôl ac yna cerddodd y ddau i ffwrdd heb oedi dim a gadael lwmp ar eu holau. Arhosais yn fy unfan am sbel yn syllu ar gefn ei ben yn diflannu, yn crynu i'm hesgyrn er y gwres.

Aujourd'hui, 5h03 | *Heddiw, 5:03yb*

Dwi'n eistedd wrth fwrdd y gegin yn yfed cwrw heb rili ei flasu. Mae na bapurau dros y lle. Fy nhystysgrif geni, fy mhasbort, fy nhystysgrif gradd, fy *titre de séjour*, fy nghytundeb gwaith, rhestr hir o'r cyfeiriadau dwi di byw ynddyn nhw dros y pum mlynedd diwethaf. Fi mewn pentwr o bapur. Cymaint taclusach na'r *mess* go iawn.

Nath Matthieu helpu fi gasglu popeth at ei gilydd yr wythnosau dwetha ma. *Casse-pieds* uffernol. Ond mae'r cwbl lot yma dwi'n meddwl, hyd yn oed yr amlen gyda chyfeiriad y swyddfa. Yn barod i fynd. Mae fy ffôn ar fin marw. Dwi'n dal heb ateb Mam. Na Rob. Ond mi wnes i ffeindio bocs o gwrw yn nghefn y cwpwrdd.

Sip arall. Syllu. Meddwl gwag.

Mae'r llawr uwch fy mhen yn crecian a dwi'n sbio fyny i weld un hosan werdd ac un hosan biws yn dod lawr y grisiau. Dio'm yn deud dim wrth fy ngweld wrth y bwrdd. Jest mynd draw at y cownter ac estyn cwrw iddo'i hun o'r bocs. Dwi'n sleidio'r agorwr botel draw ato fo. Mae'n eistedd yn fy wynebu. Dan ni'n rhyw hanner gwenu ar ein gilydd. Dwi'n cachu brics. Mae o fyd. Gen i deimlad bo na rhywbeth ar fin digwydd. Dim rŵan ddo. Does bosib.

Fo di'r cynta i siarad.

'*Tu penses partir alors?*' Mae'n llyncu'n galed ac yn brysio i gymryd sip o'i gwrw.

'*Je sais pas.*' Dwi'n sibrwd nôl.

'*I think you do know.*'

Dwi'n codi'n sgwyddau ac ysgwyd fy mhen. 'Dwi'm isio dy golli di. *Je veux être avec toi.*'

'*But not here. T'es malheureuse.* Anhapus iawn.' Mae'n dweud ail hanner y frawddeg yn araf. Alla i ddim help ond gwenu. Mae fy llygaid i'n dechrau llenwi gyda dagrau.

'Dwi jest mewn ffync ar y funud. Na i wella.' Dwi'n trio gwenu.

'*Quoi?*'

'*J'irai mieux.*'

'*T'es déjà ailleurs. Your head is elsewhere. And your heart.* Calon?' Mae'n sbio ffwrdd yn dweud hynny, ei lygaid yn ddyfriog hefyd.

Dwi'n codi ac yn eistedd ar y llawr wrth ei ymyl yn gosod fy mhen ar ei liniau. Alla i gredu y bydd popeth yn iawn wrth aros fel hyn. Mae ei fysedd yn dechrau creu patrymau ysgafn ar gefn fy ngwddf. Dwi'n gafael yn ei goes yn dynn. Yn gwthio f'ewinedd fewn i'w groen. Dio'm yn ymateb. Dan ni'n aros yno am sbel, nes bod golau dydd yn dechrau cropian i mewn trwy'r ffenestr a chynhesu ein hwynebau. Dwi'n codi yn y diwedd, ac yn dechrau gwneud pot o goffi i ddau. Mae o'n codi fyd ac yn tacluso'r papurau i bentwr cyn eu pasio ataf. Dwi'n syllu i'w lygaid am eiliad cyn sbio i ffwrdd a stwffio'r papurau i fy mag cefn ar y llawr. Mae'r pot coffi'n dechrau chwibanu ac yn llenwi'r stafell gyda arogl cartref.

Dwi'n cymryd fy ffôn yn fy llaw ac yn anfon neges at Mam.

> Llongyfarchiadau ar yr etholiad. Dwi am ddod adra mis nesa. x

Eith fi a Matthieu am dro wedyn masiwr. Ar hyd y Rhône ella. Dio'm ots lle. Nawn ni gario mlaen nes bo coesau ni'n blino a bo ni methu mynd gam yn bellach a bo bolia ni'n flin isio bwyd.

Mae heddiw am fod yn ddiwrnod braf. Mae hynny'n ddigon ella. Dwi'n meddwl fod o.

PAID Â BOD OFN?

MABLI SIRIOL JONES

Trais yn erbyn merched ac ymlyniadau clwyfus

'Tecstia fi pan ti gartre.'

'Ti ddim wir yn mynd i gerdded adre ar ben dy hun, wyt ti?'

'Dylet ti gael tacsi.'

'Dyw'r ardal na ddim yn saff.'

'Roedd hi'n gofyn amdani.'

'She was just walking home.'

Dyma ymadroddion a fydd yn gyfarwydd i bob merch. Geiriau a atseiniodd o'r newydd ar ôl i swyddog heddlu lofruddio Sarah Everard wrth iddi gerdded adref ar ei phen ei hun yn ne Llundain ym mis Mawrth 2021; llofruddiaeth a sbardunodd drafodaeth eang a ffocws o'r newydd ar ddiogelwch merched ar strydoedd Prydain. Ar y cyfryngau cymdeithasol, gwelwyd llu o ferched yn rhannu eu profiadau o aflonyddu ar y stryd, ymosodiadau rhyw, a'r ofn a'r pryder a deimlai cynifer ohonynt am fynd allan, am fentro i fyd lle mae perygl trais o gwmpas pob cornel. Soniodd rhai na fyddent yn cerdded ar eu pen eu hunain gyda'r nos, gydag eraill fyth yn mynd allan ar eu pen eu hunain. *'We could all be Sarah'* meddai un pennawd, a *'Sarah Everard's case reminds women of what they already knew: they're never safe'* un arall. Yn ôl un colofnydd, roedd dyddiau merched yn gorffen am bedwar y prynhawn yn ystod y gaeaf, ac roeddent i bob pwrpas yn byw o dan gyrffyw, gan nad oedd yn ddiogel mynd allan wedi iddi nosi. Cyhoedd-odd cylchgrawn *Glamour* erthygl gyda'r pennawd '*Women's lives are put on hold at 4pm in the winter. It's time we talked about it*' – neges a hoffwyd 10 mil o weithiau ar Instagram. A bu'n rhaid i Sainsbury's dynnu hysbyseb dillad oedd yn dweud '*For walks in the park, or strolls after dark*' ar ôl i nifer gwyno bod awgrymu bod merched yn cerdded gyda'r nos yn hurt a sarhaus.

Yn bersonol, dydw i ddim erioed wedi teimlo'r ofn holl-bresennol yma. Dydw i ddim yn teimlo fy mod i'n byw o dan gyrffyw. Rydw i wastad wedi cerdded adref ar ôl nosweithiau allan ar fy mhen fy hun, ynghanol Caerdydd, a phob dinas arall rydw i wedi byw ynddi. Dydw i ddim yn byw mewn ofn, yn drwgdybio pob dyn dieithr, nac yn poeni am drais wrth adael y tŷ a cherdded i lawr y stryd. Dydw i ddim yn amau bod nifer o ferched yn profi'r ofn a'r wyliadwriaeth yma, ac yn ddiffuant wrth rannu eu profiadau, ond mae bob tro yn sioc i mi glywed bod hyn yn brofiad cyffredin, sy'n amharu ar fywydau cynifer o ferched. Alla i ddim uniaethu, ac er i mi ddeall bod yr ofn yn real, i mi mae datganiadau sy'n dweud taw dyma yw *realiti* bywydau merched, fod yr ofn yn rhywbeth mae *pob* merch yn ei brofi, taw dyna'r unig ymateb rhesymegol, ac na fyddai *unrhyw* ferch yn mynd allan ar ei phen ei hun gyda'r nos, yn hynod ddieithr ac anghyfforddus. Yn yr un ffordd mae'n codi fy ngwrychyn pan fydd pobl yn mynnu na ddylwn i gerdded adref ar fy mhen fy hun, neu yn awgrymu fy mod i'n ffôl am wneud. Cefais fy magu gan fam oedd yn rhoi rhyddid i mi, ac yn fwriadol yn annog ymdeimlad o hyder ac annibyniaeth ynof, sydd wedi parhau ers fy mhlentyndod ac arddegau. Rwyf innau wedi cael fy mhrofiadau fy hun – nifer ohonynt yn brofiadau rwy'n sicr y bydd bron pob merch sy'n darllen yr ysgrif hon wedi eu cael hefyd. Ond dydy'r profiadau hynny ddim wedi newid fy mharodrwydd (a phenderfynoldeb) i fentro allan ar fy mhen fy hun, na chwaith fy nheimlad fod naratif sy'n dweud nad yw merched yn gwneud hynny, neu na *ddylen* nhw wneud hynny, yn un a ddylai beri gofid.

Er gwaethaf yr achosion proffil uchel a'r pryder endemig, y gwir yw bod achosion o ferched yn cael eu lladd gan ddieithryn yn anghyffredin iawn. Yn ôl ffigurau'r Swyddfa Ystadegau Gwladol ar gyfer 2021–2, dim ond 7% o'r merched a lofruddiwyd a gafodd eu lladd gan rywun oedd yn ddieithr iddynt. Nid oes sail i'r ofn a'r wyliadwriaeth eithafol yma. Ac yn wir, mae datganiadau sy'n dweud bod merched yn byw dan gyrffyw, neu nad ydyn nhw byth yn mynd allan ar eu pen eu hunain, yn amlwg yn gor-ddweud. Does dim ond rhaid ystyried ein bywydau ein hunain, ac edrych o'n cwmpas, i weld nad yw hynny'n wir. Ond mae'n amlwg fod yr ofn yn bodoli i rai, ac ni allwn chwaith ei wfftio. Gellir dadlau nad yw'n bwysig fod cael eich treisio neu'ch lladd ar y stryd yn annhebygol iawn, achos mae'r ofn yn dal yn real i nifer, ac yn cael effaith fawr arnynt. Ond ni ddylem fodloni ar sefyllfa lle mae merched yn byw mewn ofn (neu'n cael eu hannog i wneud) ac yn cwtogi ar eu rhyddid a'u bywydau o ganlyniad i hynny. Mae'n anodd trafod a beirniadu'r tueddiadau hyn mewn ffordd nad yw'n anwybyddu difrifoldeb y broblem, neu sy'n diystyru profiadau ac ofnau go iawn cynifer o ferched – sydd, wedi'r cwbl, â'u gwreiddiau mewn lefelau endemig o aflonyddu a thrais yn ein cymdeithas. Ond rhaid ceisio, mewn modd mor sensitif â phosibl, trafod y tueddiadau hyn a'u goblygiadau, gan eu bod yn adlewyrchu problemau dyfnach gyda ffeministiaeth brif ffrwd a thrafodaethau cyfoes am drais yn erbyn merched. Ac er mwyn mynd i'r afael â'r ail, rhaid archwilio'r cyntaf.

Cyfyngiadau ofn

Mae sawl problem gyda'r drafodaeth ynghylch ofnau merched a'r risg iddynt mewn bywyd bob dydd. Ar lefel yr unigolyn, mae'n gallu atgyfnerthu neu greu gorbryder, a chyfyngu ar fywydau merched. Ond mae hefyd yn ein cyfyngu mewn ffordd ddyfnach, trwy ei syniadau am yr hyn yw bod yn ferch, am drais yn ein cymdeithas a'r posibiliadau ar gyfer ei ddatrys. Yn y bôn, mae'n ategu'r hyn y mae'n bwriadu ei wrthwynebu. Yn y bydolwg hwn, mae pob merch yn fregus, a dynion yn gynhenid dreisgar. Mae trais gan ddynion felly'n rhywbeth na allwn ei newid. Ac mae un ffordd i ferched fod yn y byd ac un ffordd 'naturiol' y dylen nhw ymateb i drais a'r risg o drais – hynny yw, trwy ofn a chyfyngu ar eu bywydau. Oherwydd hynny, mae'n tueddu i ddyrchafu safbwyntiau rhai merched yn benodol – yn fras, merched dosbarth canol, gwyn. Mae hyn yn amlwg os ydyn ni'n meddwl am yr ardaloedd a gaiff eu hystyried yn 'anniogel' i ferched, sef, ar y cyfan, ardaloedd dinesig dosbarth gweithiol, a rhai lle mae mwy o bobl o leiafrifoedd ethnig yn byw. Anwybyddir y nifer fawr o ferched sy'n byw yn yr ardaloedd hyn, neu sydd heb unrhyw ddewis ond mentro allan gyda'r nos oherwydd patrymau gwaith. Nid oes lle yn y naratif i ferched sy'n weithwyr rhyw, er enghraifft, sy'n naturiol yn wynebu risg uwch o drais. Nid yw chwaith yn gallu cynnig amddiffyniad cryf i ferched sy'n ddigon anffodus i brofi trais ar ôl bod allan ar eu pen eu hunain neu gyda'r nos, gan ei fod eisoes wedi derbyn yr egwyddor nad yw hynny'n rhywbeth call na diogel i'w wneud.

Amlygwyd y materion hyn yn dilyn llofruddiaeth Sarah Everard, pan drefnwyd gwylnos iddi ar Gomin Clapham. O dan esgus cyfyngiadau'r pandemig, cyfarwyddodd Heddlu'r Metropolitan na ddylai'r wylnos fynd yn ei blaen, ac ildiodd y trefnwyr swyddogol. Fodd bynnag, dan ofal y mudiad Sisters Uncut, oedd yn mynnu mai protest ddylai hi fod (yn cynnwys yn erbyn yr heddlu ei hun) aeth y noson yn ei blaen, gydag ymateb hynod lawdrwm gan yr heddlu. Esboniodd datganiad Sisters Uncut:

> *We gathered at Clapham Common on Friday, because of our grief and anger at the senseless murder of Sarah Everard. We gathered because after Sarah's disappearance, the police told women that they should stay at home after dark to avoid being attacked. This isn't the first time.*
>
> *Almost 50 years ago, when another murderer, the Yorkshire Ripper, was attacking women, the police said the only way for women to remain safe is to stay at home. Then, as now, women said NO. We will not be curfewed. Time and again the police have attempted to control us and to divide us by playing into good women and bad women narratives. But we demand the right not only to survive but to thrive. And that means going where we want, when we want. We don't care if you're out at night partying, drinking, or to see your friends, or sex working, or if you're gender non-conforming, no one deserves to die for being out at night-time.*

Roedd geiriau a gweithredoedd y grŵp yn dilyn traddodiad hir o ymgyrchu ffeministaidd yn erbyn trais. Yn 1977, mewn ymateb i lofruddiaethau'r Yorkshire Ripper a chyngor yr heddlu i ferched aros gartref, trefnwyd protest gyntaf Hawlio'r Nos yn Ôl yn Leeds. Bwriad y brotest, a nifer fawr o rai eraill a ysbrydolwyd ganddi, oedd ymwrthod ag ofn, mynnu hawl merched i fod allan ar y stryd, a byw, heb ofn na thrais. Y weithred oedd mynd allan, yn eu niferoedd, i hawlio'r

nos a'r stryd, a mynnu peidio ag ildio i orthrwm – boed hynny
o du dynion unigol, neu'r awdurdodau.

Roedd Sisters Uncut a Hawlio'r Nos yn Ôl yn deall rhywbeth
pwysig, sef bod cyfyngu ein hunain i'n tai, a chyfyngu ar ein
bywydau o ganlyniad, yn gwaethygu'r broblem. Mae hyn oll yn
batriarchaeth ar waith. Nid yn unig y trais ei hun, ond y bygyth-
iad y mae'n ei gyfleu, sy'n creu ofn ac yn cyfyngu ar fywydau
merched. Nid oes llawer y gallwn ei wneud fel unigolion am y
posibilrwydd o brofi trais (mater o lwc yw hi, yn bennaf, nid
cyfrifoldeb y dioddefwr) ond gallwn ymwrthod â'r bygythiad
o drais i godi ofn arnom a'n disgyblu. Ac yn ymarferol, po leiaf
o bobl sydd ar ein strydoedd, y lleiaf diogel maent yn teimlo i'r
rhai sy'n dewis, neu'n gorfod, bod allan. Mae'n bwysig cynnal
y syniad o fannau cyhoeddus cyffredin, bywiog a diogel, ac
mae normaleiddio'r syniad y dylem ofni'n gilydd yn niweid-
iol i'n hymdeimlad o gymuned a pherthyn. Mae'n creu diffyg
ymddiriedaeth, yn arallu ac ynysu pobl mewn cymdeithas
sydd eisoes yn llawer rhy unigolyddol. Peth da yw cychwyn
o safbwynt o ymddiried mewn pobl, a pheidio â gweld perygl
ymhob man. Lleiafrif sy'n cyflawni troseddau treisgar, a rhaid
i'n ffydd yn ein gilydd ddibynnu ar gofio'r mwyafrif. Dylem fod
yn anelu at ryddid ar y stryd a byw heb ofn – dyna oedd nod
Hawlio'r Nos yn Ôl, ac ni ddylem ei anghofio.

Mae canrifoedd o ddamcaniaeth a gweithredu ffemini-
staidd wedi mynd ati i ddad-wneud yr hollt artiffisial rhwng
y preifat a'r cyhoeddus. Hollt sydd wedi ceisio cyfyngu
merched i'r sffêr ddomestig a gadael y sffêr gyhoeddus, a'r
holl rym a chyfleoedd sy'n berchen iddi, i ddynion; a chynnal
hefyd y meddylfryd fod yr hyn sy'n digwydd yn y cartref, gan
gynnwys trais a chamdriniaeth, yn fater 'preifat'. Roedd pat-
riarchaeth yn mynnu mai'r cartref oedd y lle gorau, a mwyaf
diogel, i ferched parchus. Gwaith ffeministiaeth oedd dangos
bod gorthrwm yn cael ei weithredu o fewn y teulu hefyd, a

bod y cartref yn bell o fod yn lle diogel i lawer. A bod hawl gan ferched 'amharchus' sy'n mentro y tu hwnt i'r cartref fod yn ddiogel hefyd. Dyma oedd wrth wraidd cymaint o enillion ffeministiaeth dros y degawdau, o hawl merched i bleidleisio i newid agweddau a chyfreithiau ynghylch trais yn erbyn merched a phlant yn y cartref. Ond mae'r ffocws ar y perygl o drais ar y stryd yn atgyfnerthu'r hen hollt rhwng y preifat a'r cyhoeddus, ac ar ei fwyaf niweidiol yn celu a dargyfeirio sylw oddi ar y trais y mae merched yn fwyaf tebygol o'i wynebu, sef trais yn y cartref. Yn 2022, cafodd y mwyafrif o ferched a lofruddiwyd eu lladd gan bartner neu gyn-bartner. Cyflawnwyd hanner yr achosion o drais rhywiol yn erbyn merched gan bartner neu gyn-bartner, a phump ymhob chwech gan rywun roeddent yn eu hadnabod. Er gwaethaf yr holl ymdrechion i godi ymwybyddiaeth, mae trais o fewn perthynas yn parhau i fod yn broblem gudd a gamddeellir yn eang, ac mae'r ddeinameg o reolaeth y tu ôl iddi'n parhau i gael ei normaleiddio. Mae cymaint o waith ar ôl i ddad-wneud yr agweddau a'r patrymau sy'n ei ysgogi, yn ogystal â sicrhau cefnogaeth ddigonol i ddioddefwyr. Dyma broblem lawer mwy cyffredin, ond mwy cymhleth a chynnil, ac mae'n haws fel cymdeithas canolbwyntio ar y dieithryn yn y cysgodion, sy'n eithriad ysgeler y gellir ei garcharu a'i ddwyn i ffwrdd, yn hytrach na phroblem sy'n adlewyrchu rhywbeth mwy sylfaenol y mae'n hanfodol ein bod yn ei wynebu.

Y math arall o drais a anwybyddir gan y naratif hwn yw trais y wladwriaeth, gan guddio'n benodol rôl yr heddlu wrth gyflawni a gweithredu trais yn erbyn merched. Yn dilyn achos Wayne Couzens, llofrudd Sarah Everard oedd yn gwnstabl gyda Heddlu'r Met, cafwyd datgeliadau lu am swyddogion heddlu oedd wedi cam-drin merched, a methiannau difrifol yr heddlu i fynd i'r afael â'r broblem. Gall heddweision gam-drin gyda'r hyder fod eu swydd yn eu hamddiffyn; ac yn aml, fel yn achosion Wayne Couzens a David Carrick – swyddog arall gyda'r Met a blediodd yn euog i nifer fawr o achosion o drais – maent yn defnyddio'r grym sy'n dod gyda'u swyddi i gyflawni eu troseddau. Nid mater o 'ambell unigolyn drwg' ydy hyn, ond problem fwy sylfaenol gyda'r holl sefydliad. Gwyddom hynny nid yn unig o'r achosion o drais yn erbyn merched a misogynistiaeth, ond camdriniaeth ehangach yr heddlu wrth fynd i'r afael â chymunedau croenliw a dosbarth gweithiol. Y gwir yw bod camddefnydd grym yn anochel pan fydd y sefydliad wedi'i seilio ar hawl unigryw'r heddlu i ddefnyddio grym a thrais dros ddinasyddion arferol. Ymhellach, nid yw'r heddlu, na'r system gyfiawnder troseddol yn ehangach, i'w gweld yn abl i ymdrin â thrais yn erbyn merched. Mae'r gyfran o gyhuddiadau o drais rhywiol sy'n arwain at euogfarn yn llai na 1%, gyda 5 ymhob 6 o ferched yn ymatal rhag adrodd am y trais maen nhw wedi'i brofi. Pan fydd y broses o geisio cyfiawnder yn anodd a thrawmatig, a bod y fantol yn eich erbyn, mae nifer yn penderfynu ei bod yn well peidio.

Er gwaethaf y methiannau hyn, caiff bwgan y dieithryn ei ddefnyddio at ddibenion y wladwriaeth fel cyfiawnhad dros roi rhagor o rym i'r Llywodraeth a'r heddlu. Mae hyn yn amlwg o'r 'datrysiadau' sydd wedi'u cynnig dros y blynyddoedd diwethaf i fynd i'r afael ag aflonyddu a thrais, sydd, bron yn ddieithriad, yn canolbwyntio ar greu troseddau newydd, cynyddu cosbau a dwysáu arolygiaeth. Mae hyn yn cynnwys Deddf Heddlu, Trosedd, Dedfrydu a Llysoedd San Steffan, oedd yn mynd trwy'r Senedd pan laddwyd Sarah Everard. Defnyddiwyd 'diogelwch merched' fel dadl ganolog dros y Bil, oedd yn cynnwys rhai mesurau ynghylch trais yn erbyn merched yn ogystal â chyfyngiadau awdurdodaidd ar yr hawl i brotestio, a throseddoli ffyrdd o fyw Sipsiwn a Theithwyr. Dywedodd yr Ysgrifennydd Cartref ar y pryd, Priti Patel:

> *This Bill is vitally important as we overhaul the criminal justice system and make our streets safer. It must be passed soon so that we can continue to cut crime, reduce violence and protect women and girls.*

Mae mesurau eraill i fynd i'r afael â thrais yn erbyn merched sydd wedi'u cynnig gan y Llywodraeth a mudiadau cydraddoldeb merched yn cynnwys ap y gall merched ei roi ar eu ffôn i dracio eu lleoliad; swyddogion heddlu cudd mewn bariau; gwneud misogynistiaeth yn drosedd casineb; troseddoli aflonyddu rhywiol ar y stryd a thrin trais yn erbyn merched fel 'bygythiad cenedlaethol' ar yr un sail â therfysgaeth. Ond nid yw'n glir sut bydd y mesurau hyn yn atal trais nac yn helpu dioddefwyr. Nid yw troseddoli a chreu troseddau newydd ar eu pen eu hunain yn atal pethau rhag digwydd (fel y gwelir gyda mathau eraill o drosedd casineb), ac mae natur yr heddlu a hanes yr awdurdodau o ddefnyddio grymoedd newydd i gyfyngu ar hawliau pobl gyffredin yn golygu bod hyn yn rhywbeth y dylem fod yn wyliadwrus iawn ohono. Ac er gwaethaf y cyfreithiau newydd a ffocws ar ddatrysiadau troseddol, nid yw'r sefyllfa o ran trais yn newid, sy'n codi'r cwestiwn: a oes ffyrdd eraill o ddatrys troseddau, cefnogi dioddefwyr a gwneud ein cymunedau'n fwy diogel?

Mae trais yn broblem fawr a chymhleth, ond mae'r datrysiadau a gynigir yn rhai fydd yn wrthgynhyrchiol ac o fudd i'r wladwriaeth, nid i ferched. Maen nhw'n celu gwir natur trais yn erbyn merched, ac yn codi bwganod sy'n cyfiawnhau mesurau awdurdodaidd. Maen nhw'n normaleiddio ofn a thrais, ac yn cosbi yn lle atal. Caiff cylch dieflig ei greu, yn lle gweithio i greu cymdeithas sy'n mynd at wraidd trais ac yn sefydlu'r strwythurau i'w ddadwreiddio ar draws pob maes. Nid y cymdeithasau â'r nifer uchaf o gyfreithiau a hed-dweision yw'r rhai mwyaf diogel, ond y rhai sydd â'r lefelau isaf o dlodi a dioddefaint, lle ceir gwasanaethau o safon ac adnoddau sylfaenol i bawb, ac ymdeimlad cryf o berthyn ac ymddiriedaeth. Os ydym am ddiogelu merched, mae llefydd llawer gwell i ganolbwyntio ein hadnoddau, yn cynnwys budd-soddi mewn gwasanaethau i ddioddefwyr (sydd wedi gweld toriadau enbyd ac sydd o dan straen aruthrol) ac addysg, gofal ac adnoddau cymunedol. Dylai ffeministiaeth fod yn gweithio i wella'r ddealltwriaeth o drais yn erbyn merched, er mwyn ceisio cyflawni datrysiadau go iawn ac atal y goblygiadau ad-weithiol sy'n gallu llifo o'r disgŵrs presennol. Ond mewn rhai ffyrdd, mae tueddiadau oddi mewn i ffeministiaeth ei hun yn ategu'r goblygiadau hyn.

Ymlyniadau clwyfus

Mae llawer o'r drafodaeth ynghylch profiadau merched, a ffeministiaeth heddiw, yn ymgorffori cysyniad y damcaniae-thydd ffeminyddol Wendy Brown o *wounded attachments*, neu *ymlyniadau clwyfus*. Mewn erthygl o 1993 yn dwyn y teitl hwnnw, mae Brown yn archwilio'r hyn y mae hi'n ei weld fel tueddiad mewn gwleidyddiaeth hunaniaeth i dan-seilio ei nodau ei hun, oherwydd ei pherthynas gyda dioddef-aint, neu ei hymlyniadau clwyfus. Mae Brown yn olrhain datblygiad gwleidyddiaeth hunaniaeth o fewn y tensiwn a geir mewn rhyddfrydiaeth sy'n mynnu cynnal sofraniaeth yr unigolyn, ynghyd â delfryd o'r dinesydd cyfartal, gyda phawb yn mwynhau'r un hawliau. Yn amlwg, rhith yw'r ddelfryd, gan fod merched, lleiafrifoedd ethnig, pobl lesbiaidd, deurywiol a thraws, ymysg eraill, yn cael eu heithrio rhag manteisio'n llawn ar yr hawliau hynny. Dros amser, mae'r grwpiau hyn wedi mynnu eu hawl i gael eu trin fel dinasyddion cyfartal. Fodd bynnag, drwy'r broses hon, dadleua Brown, daw eu hunaniaeth wleidyddol i ddibynnu ar y ffaith eu bod wedi'u heithrio o'r ddelfryd, a'r holl boen sy'n gysylltiedig â hynny o ganlyniad i hanes o orthrwm, trais a diffyg cydnabyddiaeth. Dyma yw ymlyniadau clwyfus. Nodwedd o hyn yw *ressentiment*, lle mae'r gorthrymedig yn llawn drwgdeimlad tuag at eu gorthrymwyr, ond hefyd yn dod i deimlo rhyw uchafiaeth foesol yn eu dioddefaint a'u gorthrwm. Maen nhw'n canolbwyntio ar ddrwgweithredwr allanol sy'n gyfrifol am eu poen, ac felly rhywun i'w feio a dial arno. Ond canlyniad *ressentiment* yw teimlad o fod yn ddiymadferth, ac mae'n atal gweithredu effeithiol.

Gallwn weld sut mae'r drafodaeth am drais yn erbyn merched yn adlewyrchu ymlyniadau clwyfus ffeministiaeth brif ffrwd, ryddfrydol, yn y ffordd y mae'n gwneud ofn a phoen yn rhan greiddiol ac anghyfnewidiol o fod yn ferch. Mae'r wleidyddiaeth hon yn canolbwyntio'n llwyr ar 'hunaniaeth' fel prif ffocws a phrism gwleidyddiaeth a'r ffordd rydym yn disgrifio'r byd. Yr hyn sydd ar goll ohoni yw dealltwriaeth o strwythurau ehangach a natur grym yn ein cymdeithas, yn enwedig dosbarth cymdeithasol. Mae'n canolbwyntio ar y ffyrdd y mae unigolion yn trin ei gilydd a sut y gweithredir grym rhyngddynt ond yn gwneud hynny heb ddadansoddiad o rymoedd strwythurol, megis grym cyfalaf a'r wladwriaeth, a sut mae'r rhain yn eu tro yn ffurfio perthnasoedd rhwng pobl ac ymddygiad unigolion. Mae'n wleidyddiaeth unigolyddol, yn hytrach nag un dorfol. Ac fel y gwelwn, mae'n arwain at, yng ngeiriau Brown, 'a politics of recrimination and rancor, of culturally dispersed paralysis and suffering, a tendency to reproach power rather than aspire to it, to disdain freedom rather than practice it.'

Mae'r wleidyddiaeth hon yn un sy'n canolbwyntio ar 'rannu profiadau' a'n 'straeon' fel merched am ofn, poen a thrawma. Ond nid yw'n glir beth mae'r tueddiad yn anelu ato'n wleidyddol ymhellach na'r alwad ar ddynion i 'wrando'. Mae'n atgyf-nerthu ffigur y ceidwad grym gwrywol sy'n gyfrifol am ein gorthrwm a'n rhyddhad ill dau, a statws darostyngedig y rhai sydd dan orthrwm. Os yw'n ffurfio galwadau gwleidyddol y tu hwnt i hyn, mae'r rhain yn tueddu i fod yn rhai am gosbi drwg-weithredwyr, megis creu troseddau newydd a dwysáu ded-frydau. Neu, yn absenoldeb sylwedd gwleidyddol a galwadau diriaethol, llenwir y gwagle gan y rhai sydd mewn grym, trwy feddiannu'r agenda, a chynnig datrysiadau sy'n cydweddu â'u buddiannau nhw. Mae goblygiadau adweithiol posibl felly i wleidyddiaeth sydd wedi'i seilio ar boen ac ofn merched, a'r angen i'w 'diogelu'. Amlygir y peryglon mewn tueddiadau sydd wedi datblygu hyn i'r eithaf; er enghraifft, twf braw-ychus ffeministiaeth sy'n eithrio pobl draws. Mae ymlyniadau clwyfus yn greiddiol i'r ffeministiaeth hon, yn y modd y mae'n mynnu na all merched traws fod yn ferched gan nad ydynt wedi profi'r oes o boen a dioddefaint y mae'n honni sy'n rhan annatod o gael corff 'benywaidd', a'i hobsesiwn gydag 'am-ddiffyn' merched rhag y potensial i ddynion gamddefnyddio hawliau pobl draws i gyflawni trais. Mae'r wleidyddiaeth hon yn seiliedig ar – ac yn defnyddio – poen ac ofn merched, trwy honni bod pobl draws yn cynrychioli risg iddynt. Ond mae'n tynnu sylw oddi ar y gwir risg – sef y dynion cydryweddol yn bennaf sy'n cyflawni trais, a gwladwriaeth nad yw'n darparu cymorth i ddioddefwyr. Nid yw'n anodd gweld sut mae gwleidyddiaeth sy'n dychmygu bygythiadau hollbresennol y tu hwnt i'r drws yn gallu esgor ar safbwyntiau adweithiol fel hyn. Mae'n ein cyflyru i ofni a drwgdybio eraill, i arallu a beio grwpiau o bobl, ac yn gwerthu'r rhith fod modd sicrhau diogel-wch drwy gosbi ac eithrio'r estron.

Hyd yn oed lle nad yw'r tueddiadau eithafol hyn yn bres-ennol, mae'r ffocws ar boen yn ganolog i lawer o ffeminist-iaeth gyfoes, ac mae'r goblygiadau'n cyfyngu llawn cymaint ar ein gallu i weithredu'n effeithiol. Fel yr ysgrifenna Brown, mae'r wleidyddiaeth hon yn sefydlu dioddefaint fel mesur o rinwedd foesol, ac yn trin grym a braint o unrhyw fath fel pechod. Ond ni all llawer ddatblygu o'r diwylliant gwleidyddol hwn heblaw cylchoedd dieflig o gondemnio, ymdrechion i gategoreiddio a phennu pwy sydd wedi'u gorthrymu fwyaf, a phawb yn encilio fwyfwy i'w cylch bach eu hunain. Nid yw'n glir chwaith beth mae'n gobeithio ei ennill heblaw tosturi, gan nad yw'n gallu arwain at gyd-ddealltwriaeth na chydweithio rhwng gwahanol bobl. Yn wir, nodwedd ganolog y math hwn o wleidyddiaeth hunaniaeth a'i hymlyniadau clwyfus yw ei diymadferthedd. Yn y bydolwg hwn, rydym ni fel pobl dan orthrwm yn ddi-rym yn wyneb yr hanesion hir o anghyfiawnder sydd wedi ein ffurfio. Mae ein poen, ofn a dioddefaint yn rhan annatod o bwy ydym ni, a'r hyn mae'n ei olygu i fod yn ferch (neu aelod o unrhyw grŵp arall dan orthrwm). Mae'r tueddiad at drais a dominyddiaeth hefyd felly'n rhan annatod o fod yn ddyn (neu berson gwyn, neu aelod o grŵp arall gyda braint). Dyma wleidyddiaeth ddi-rym gan nad yw'n gallu dychmygu na galw am ddyfodol heb y gorthrwm a'r dioddefaint hwn. Yng ngeiriau Brown:

Politicised identity thus enunciates itself, makes claims for itself, only by entrenching, dramatising, and inscribing its pain in politics and can hold out no future – for itself or others – that triumphs over this pain.

Mae hyn yn amlwg mewn llawer o ffeministiaeth boblogaidd gyfoes, sydd fel pe bai'n methu symud y tu hwnt i enwi misogynistiaeth a disgrifio profiadau merched. Nid yw'n ymddangos ei bod yn galw am unrhyw beth materol mewn ymateb, nac yn cynnig datrysiadau. Mae ei gorwelion yn gul, ac er gwaetha'r rhethreg o sicrhau 'cydraddoldeb', nid yw'n glir beth yw'r byd y mae'n ei ddychmygu a fyddai'n bodloni hyn. Ni all ddisgrifio dyfodol i ferched, a hunaniaeth fenywaidd, sy'n rhydd o'r cyswllt gydag ofn, poen a gorthrwm, ac yn sicr nid yw'n siarad am ffyrdd eraill posibl y gall dynion fod yn rhydd o'r defnydd o oruchafiaeth a thrais.

Ddeng mlynedd ar hugain ers i Wendy Brown ddadansoddi'r tueddiadau hyn, mae'n ymddangos mewn nifer o ffyrdd eu bod wedi dwysáu. Mae hyn o ganlyniad i'r dwysáu ar y ffactorau y nododd Brown eu bod yn eu hysgogi, sef natur cymdeithasau neoryddfrydol, ac yn ogystal, technolegau newydd a'r cyfryngau cymdeithasol, sy'n creu prosesau newydd o ffurfio hunaniaethau a'n goruchwylio ni'n hunain ac eraill, a sffêr gyhoeddus wedi'i seilio ar wrthdaro a *ressentiment* ar raddfa ehangach nag erioed. Dros y degawdau diwethaf dirywiodd grym dinasyddion cyffredin, wrth i lywodraethau a chyfalaf byd-eang gronni grym a chyfoeth, a diffyg mudiadau torfol digon nerthol i wrthsefyll. Mae neoryddfrydiaeth yn trin pob un ohonom fel unigolion sy'n cystadlu â'n gilydd am adnoddau prin. Encilio felly mae llawer o wleidyddiaeth wedi'i wneud i lefel yr unigolyn a'i hunaniaeth, ac i ffwrdd o fudiadau torfol ac atebion strwythurol i'r problemau rydym ni'n eu hwynebu, ac mae'r drafodaeth ynghylch profiadau merched, a ffeministiaeth brif ffrwd heddiw, yn adlewyrchu hyn. Anodd peidio dod i'r casgliad ein bod yn mynd am yn ôl, wrth edrych ar y twf mewn misogynistiaeth a 'gwrth-ffeministiaeth'; y dirywiad yn y ddarpariaeth gymdeithasol sydd mor hanfodol i gydraddoldeb rhywedd (megis y wladwriaeth les a gofal plant) a'r tueddiadau adweithiol y mae 'ffeministiaeth' wedi esgor arnynt yn erbyn hawliau pobl LHDT. Mae dirfawr angen ffeministiaeth a all ymateb i'r heriau hyn, ac mae'n amlwg na all un sy'n gaeth i'w hymlyniadau clwyfus wneud hynny. Nid yw'n arwain at ein rhyddid, ond yn ein glynu at ein gorthrwm. Beth, felly, y dylem ei roi yn ei lle?

Sail arall

Nid poen ac ofn yw'r unig seiliau posibl i hunaniaeth fenywaidd. Gallwn edrych, i gychwyn, ar ein hunaniaeth yn ei holl gymhlethdod, gan dderbyn bod mwy nag un ffordd o fod yn ferch, ac ymwrthod â naratifau sy'n cyffredinoli o safbwynt rhai merched yn unig. Rhaid dadansoddi a deall croestoriad gwahanol fathau o orthrwm a grym y tu hwnt i rywedd, a sut mae'r rhain yn gweithredu arnom a rhyngom fel pobl. Ond rhaid hefyd ganolbwyntio ar ein hewyllys a'n galluoedd o fewn patriarchaeth. Nid oes unrhyw orthrwm mor gyflawn fel ei fod yn diffodd galluoedd y gorthrymedig yn llwyr. Mae merched o dan bob math o systemau hanesyddol ac o gwmpas y byd heddiw yn canfod ffyrdd i fyw, llawenhau, llwyddo, gwrthsefyll a goroesi. Yn sicr mae merched yng nghymdeithasau'r Gorllewin heddiw yn gwneud hynny. Rydym ni'n mynd allan gyda'r nos, yn caru, gweithio, mentro, ac yn ymarfer ein rhyddid corfforol, rhywiol a meddyliol bob dydd – er gwaethaf unrhyw risg. Gofynnwch i chi eich hun: ydych chi'n symud trwy eich bywyd yn teimlo gorthrwm eich rhywedd bob eiliad? Neu ydy'r darlun yn fwy cymhleth? Lle mae poen, dicter a rhwystredigaeth yn aml – ond hefyd bleser a boddhad, cyflawniad a gwrthsafiad? Hyd yn oed pan fyddwn wedi profi trais, mae bywyd yn gallu parhau a chynnig cymaint i ni y tu hwnt i drawma. Rhaid cadw hynny mewn cof, yn arbennig er lles dioddefwyr.

Felly beth ddylai'r mudiad ffeministaidd ei wneud? Yn gyntaf, rhaid symud y tu hwnt i'n hymlyniadau clwyfus. Yn ail, rhaid canolbwyntio ar alwadau diriaethol fydd yn gwella bywydau merched (a phawb) yn faterol, a mynd i'r afael â gwreiddiau trais, yn hytrach na rhoi dilysrwydd i fesurau na fydd yn ei atal, ond yn creu rhagor o boen a thrais yn eu tro. Yn olaf, rhaid i ni ein gweld ein hunain fel rhan o symudiad ehangach dros gymdeithas well i bawb. Nid yw'r system bresennol yn gweithio i bobl gyffredin (o bob hunaniaeth) a rhaid wrth wleidyddiaeth sy'n mynnu dad-wneud y system honno'n llwyr, yn lle ceisio 'cydraddoldeb' neu leihau 'eff-eithiau anghymesur' i rai oddi mewn iddi. Golyga hyn droi i ffwrdd oddi wrth wleidyddiaeth hunaniaeth ryddfrydol sy'n gweld popeth drwy brism hunaniaethau unigol ar wahân, yn hytrach na'r hyn sy'n gyffredin i ni fel pobl, a cheisio adeiladu undod, cyd-ddealltwriaeth a chydweithio tuag at ein rhyddid. Er mwyn cyflawni hyn, bydd rhaid i ragor o ddynion ddeall eu rôl ganolog nhw yn y gwaith, a sut mae hynny o fudd i bawb. Mae'n glir nad dyna'r norm ar hyn o bryd, hyd yn oed ymysg dynion 'blaengar'. Ond natur patriarchaeth, fel unrhyw system o orthrwm, yw ei fod yn aflunio'r gorthrymwr hefyd, drwy ei atal rhag ymarfer ei lawn ddynoliaeth. Cofiwn fod nifer fawr o ddynion wedi profi trais eu hunain, fel plant neu oedolion. Gyda nhw mae'r allwedd i dorri'r cylch, ond mae cymdeithas yn ei gwneud yn anodd iddyn nhw wneud hynny, ac yn hytrach yn creu'r amgylchiadau i'w ailadrodd. Rhaid i'r mudiad ffeministaidd ddeall pa mor bwysig yw tynnu dynion i mewn i'r gwaith hwn, achos ni allwn ddatrys trais hebddynt. Ond mae'r ffocws ar y bygythiad o drais ym mhob man yn ein hatal rhag gwneud hynny. Fel yr ysgrifennodd bell hooks:

> *This fear of maleness that they inspire estranges men from every female in their lives to greater or lesser degrees, and men feel the loss. Ultimately, one of the emotional costs of allegiance to patriarchy is to be seen as unworthy of trust. If women and girls in patriarchal culture are taught to see every male, including the males with whom we are intimate, as potential rapists and murderers, then we cannot offer them our trust, and without trust there is no love.*

Mae patriarchaeth yn niweidio pawb, ac yn ein hatal rhag cael perthnasoedd iach a bywydau cyflawn. Yng ngeiriau hooks, 'dismantling and changing patriarchal culture is work that men and women must do together.' Mae llawer a all deimlo'n anghyfforddus am y gwaith hwn, ond rhaid ystyried beth sydd bwysicaf: adferiad a thorri cylch dieflig trais, ynteu gosbi a dial? Beth fydd yn ein galluogi i symud y tu hwnt i boen, a rhoi gwir rym i ni? Yn y bôn, y ffordd fwyaf effeithiol i ferched sicrhau eu diogelwch yw peidio â mynd i berthynas gyda dyn, ond does neb yn awgrymu ein bod yn gwneud hynny, gan ein bod yn deall mai ein perthnasoedd, o bob math, yw un o'r pethau mwyaf hanfodol i ni fel bodau dynol, ffynhonnell ein teimladau dyfnaf a'n llawenydd mwyaf. Fel mae Silvia Federici wedi dadlau, mae'r cartref a'r teulu yn safle o orthrwm i ferched, ond mae hefyd yn gallu bod yn lloches oddi wrth y byd, yn ffynhonnell cariad, nerth a hapusrwydd. Gallwn osgoi'r byd 'tu allan' fel safle o fygythiad a pherygl, ond mae 'tu allan' i'r cartref hefyd yn cynrychioli annibyniaeth, rhyw, antur, protest – popeth y mae'r mudiad ffeministaidd, o'r cychwyn, wedi mynnu rhyddid a hawl merched i'w geisio. Gallwn ofni pob sffêr, y preifat a'r cyhoeddus, a gallwn adael i hynny ein cyfyngu, neu gallwn fyw ein bywydau beth bynnag. A dyna, ar y cyfan, beth mae merched wedi'i wneud, ac yn parhau i'w wneud.

Yn ystod y broses o ysgrifennu'r darn hwn, profodd ffrind i mi ymosodiad rhyw. Roedd i'r digwyddiad un o'r nodweddion rhyfedd hynny sy'n perthyn i ddigwyddiadau o'r fath, lle maent ar un llaw yn ymyrraeth dreisgar ac ysgytwol yn nhrefn bywyd bob dydd, ond hefyd rhywbeth rydym ni'n ei dderbyn fel peth disgwyliedig, bron yn arferol; rhan o'r profiad cyffredin o fod yn ferch. Daw pob un o'r achosion o rywiaeth a chamdriniaeth rydym ni'n eu profi yn ystod ein bywyd i ffurfio sbectrwm, sy'n gyson gydag oes o brofiadau a negeseuon rydym ni'n eu derbyn gan y gymdeithas o'n cwmpas. Ar ôl y digwyddiad, cwestiynais pam roeddwn i'n ysgrifennu darn fel hwn. A oeddwn i'n cyfrannu at naws sy'n dweud nad yw trais yn erbyn merched wir yn broblem, nad yw'n ddifrifol? Onid oedd y digwyddiad, a phob digwyddiad arall o'r fath, yn profi bod gan ferched rhywbeth i'w ofni? Mae'n amlwg fod ffocws ar y risg hwnnw'n adwaith i gymdeithas sy'n parhau i ddibrisio trais yn erbyn merched. Ond deuthum i'r casgliad fod yr hyn rwy'n ei deimlo'n dal i fod yn wir, ac yn ddilys. Dydw i ddim yn byw mewn ofn. Rydw i'n gwrthod gwneud. Rwy'n dal i gredu bod rhaid cwestiynu ein credoau am drais. Er mwyn, yn bennaf, sicrhau ein bod ni'n ei gymryd o ddifrif, yn deall ei wir natur, yn gallu cefnogi dioddefwyr ac atal trais pellach. Nid yw ein dulliau presennol yn arwain i unman. Dim ond trwy ddeallriaeth newydd, trafodaeth agored, a cheisio datrysiadau amgen, y mae atal trais. Er mwyn fy ffrind, er mwyn pob un ohonom, sydd wedi'i brofi.

Rhaid seilio unrhyw wleidyddiaeth sy'n anelu at ryddid ar gred yn ein gallu i'n ffurfio ein hunain, ein gilydd a'n dyfodol i ryw raddau. Ac, yn hollbwysig, ddeall mai prosiect ar y cyd yw hwn. Mae trais yn erbyn merched yn broblem ddofn, amlhaenog, sy'n endemig i bob cymdeithas, a'i gwreiddiau mewn strwythurau sy'n estyn yn ôl dros ganrifoedd ac sy'n gweithredu ar lefel yr unigolyn, y teulu, y gymuned a'r gymdeithas ehangach. Nid yw'r ysgrif hon yn ymgais i symleiddio na diystyru'r broblem, ond yn hytrach i geisio cymhlethu'r naratifau sydd gennym amdani, a dadlau bod modd gobeithio am ddyfodol hebddi. Ni allwn ddatrys trais yn erbyn merched ar ei ben ei hun, dim ond drwy ymdrech i ddadwreiddio pob math o drais a gorthrwm fel strwythurau sy'n cynnal ein cymdeithas. Dyma brosiect sy'n gofyn am gyfraniad pob un ohonom ni, ac sydd o fudd i bob un. Dychmygwn pa bosibiliadau fyddai'n agor i ni o ganlyniad. Symudwn y tu hwnt i ofn. Mynnwn berchnogi'r stryd ac ailddychmygu'r byd, gan ei fod, wedi'r cwbl, yn eiddo i ni gyd.

CYN AC AR ÔL

Gaeaf 2022

Roedd Myfi wastad wedi gwybod y byddai ei mam yn marw ar ddiwrnod arferol. O'dd hi wastad yn gwybod y byddai ei byd hi'n chwalu a golau ei mam yn diffodd wrth iddi olchi'r llestri neu smwddio dillad. Mewn chwinciad, y byddai'r byd yn newid ac na fyddai neb yn gwybod oni bai amdani hi. Y byddai rhyw ddealltwriaeth yn ei hisymwybod nad oedd ei bywyd fyth yn mynd i fod yr un peth. Rhyw foment o ddistawrwydd, o heddwch mewn byd o sŵn.

Doedd hi heb sylweddoli ei fod e'n mynd i ddigwydd mor fuan.

Roedd Myfi adre o'r gwaith ac yn gobeithio torri patrwm ei phresennol er mwyn cael cwpl o oriau o lonydd. Symudai o gwmpas y gegin yn ceisio gosod trefn ar y pentyrrau o *stwff* oedd yn hawlio pob metr o le oedd ganddi yn y tŷ teras bach newydd yr oedd hi wedi'i brynu gyda Steff, gwpl o strydoedd oddi wrth ei mam. Roedd y bwrdd bach pren yn y gegin yn gweithredu fel canolfan trefnu priodas, swyddfa waith a fferyllfa bersonol ei mam. Dyma bencadlys bywyd Myfanwy Hughes, a'r bore hwnnw, roedd angen trefn.

Roedd Cat, ei ffrind gorau, wedi bod yno y noson cynt, wrth ymyl yr union fwrdd, yn pregethu – wedi sawl gwydryn o sauvignon blanc – am gostau cynyddol y partïon plu oedd yn hawlio sylw eu grŵp o ffrindiau ar hyn o bryd. Roedd mam Myfi yn ei chartref ei hun dros nos am y tro cyntaf ers wythnosau. Trodd un gwydryn yn ddiferyn yn ormod i Myfi a Cat.

Y bore wedyn, gyda phen tost, agorodd Myfi ei ffôn, ei bys yn llusgo'n ddifeddwl at Instagram. Llifodd lluniau o berffeithrwydd o'r sgrin; penwythnosau yn cael eu mwynhau gan ferched gyda choesau aur, priodas mewn château yn Ffrainc a babi mewn smoc bach oedd yn costio mwy na'i bil bwyd wythnosol. Ac yna, *selfie* meddw ar dudalen Cat a'r neges: *Pan mae'r gossip yn llifo fel y gwin.*

Gwenodd Myfi iddi hi ei hun. Roedd hi mor ddiolchgar am noson o ryddhad gyda'i ffrind. Roedd hi mor ddiolchgar am gyfle i gael cwyno am bethau dibwys. Noson i droi'r tŷ yn gartref eto, yn hytrach nag ysbyty. Wrth i'w mam ddod yn ddigon da i ddychwelyd i'w chartref ei hun am sbel, roedd Myfi'n teimlo bod pethau'n dechrau gwella.

'Fi di cael llon' blydi bol, Myf, o orfod defnyddio fy ngwyliau blynyddol i fynd i'r *hen-dos* ma,' meddai Cat. 'Sa i moyn yfed *pornstar martini* gwan arall allan o bidyn plastig.'

'Nac wyt? Na'r unig bidyn sydd yn dy fywyd ar hyn o bryd.'

'O *sod off*. Ti fod yn drist, Myfi, nid yn ddoniol.'

Diwrnod arall yn eu bywydau yn cael ei hawlio gan sgwrs arferol am fywyd bob dydd, mewn fortecs o anarferoldeb. Fel darn o hen dechnoleg heb le i storio mwy o wybodaeth, teimlai Myfi fel petai ei hymennydd yn araf ac yn orlawn. Doedd dim botwm dianc ganddi chwaith.

Roedd ei mam wedi symud mewn gyda hi a Steff ers i bethau newid yn yr haf. Symudodd i'r ystafell sbâr, gan aildrefnu'r cypyrddau yn y gegin a newid y powdr golchi wrth fynd yn ei blaen. Roedd dylanwad ei mam i'w weld ymhobman, ei hoff fwydydd yn yr oergell a'i hesgidiau wrth y drws, ond doedd Myfi heb gwffio nôl yn ormodol. Nid oedd amser ganddi. Yn hytrach, aeth ati i gynllunio ei phriodas gyda'r pryder yn ei phen fod ei mam ar fin cwympo'n ffradach ar unrhyw eiliad. Roedd rhaid iddi werthfawrogi'r cyfan, hyd yn oed y cwmpo mas am yr hen garped, y boi drws nesaf oedd yn 'smocio'r mwg drwg' a'r ffaith fod y radio mlaen drwy'r dydd.

Roedd Cat yn gwybod yn iawn fod ei ffrind gorau eisoes yn galaru am ei mam. Gwyddai fod Myfi wedi dechrau storio atgofion yn ei phen, gan wasgu *pause* ar ei bywyd arferol er mwyn treulio pob eiliad yn amsugno pob nodyn oedd yn rhan o gyfansoddiad ei mam. Yn ffodus i Myfi, roedd Cat wedi penderfynu taw ei chenhadaeth hi am y misoedd nesaf oedd cynnal fflam ei ffrind. Llenwai Cat eu sgyrsiau gyda hwyl a thwpdra.

'Llon' blydi bol o'r holl berfformiad, Myfanwy fach. Beth yw'r dyddiad heddiw? Cofia'r dyddiad. Heddiw di'r diwrnod dwi'n dweud "na" i unrhyw barti plu sydd i ddod.'

'Cat, ni *literally* newydd ddod nôl o mharti plu i a nath y merched i gyd ddod. Sa i'n rili gallu cwyno am rywbeth nes i ofyn i'r grŵp neud i fi.'

'Mae hwnna'n wahanol.'

'Sut?'

'Fi nath drefnu un ti ac roedd e'n blydi *brilliant*. Ma angen gwersi ar y merched ma ynglŷn â sut i drefnu parti. Ti'n gwybod bo fi'n casáu'r disgwyliadau cymdeithasol gyda'r stwff ma ond dwi'n cyfadde ges di barti anhygoel.'

Ar y foment nath ei mam farw, roedd Myfi'n myfyrio am ei ffrind gorau yn dawnsio i'r Spice Girls, yn anymwybodol bod platiau tectonig eu byd bach nhw yn symud. Dim bang. Dim cyhoeddiad mawr. Eiliad bach rhwng byw a marw. Ddoe a fory. Eiliad bach rhwng ei hen fywyd a'i bywyd newydd.

Safai wrth ymyl y sinc yn taflu dau baracetamol i gefn ei cheg a'u llyncu yn gyflym. Roedd ei phen yn curo a churo a'i chorff yn drwm gyda blinder wedi gormod o win.

'A ti'n gwybod be, mae'r arian yn fater arall. Ma popeth mor blincin ddrud. Fi'n gweithio er mwyn talu ar gyfer dathliadau pobl eraill sy di cwympo mewn cariad. Neis iddyn nhw. Bach yn *shit* i fi.'

'Fyddai'r merched yn neud yr un peth i ti.'

'*First come the marriages, then come the babies*. Fyddai'n fforco mas ar gyfer y ffycin anrhegion bedydd nesaf.'

'Mwy o win?'

'*Too right.*'

Roedd Cat a Myfi yn fwy fel chwiorydd na ffrindiau. Roedd y ferch fach â gwallt coch wrth ochr Myfi pan fu farw ei thad. Roedd hi yno hefyd ar gyfer y *braces*, yr *acne* a'r poster *Live! Laugh! Love!* Roedd y ddwy yn gorffen brawddegau ac yn cwblhau atgofion ei gilydd. Cat oedd *hard drive* Myfi i gofio pwy oedd hi. Roedd y ddwy yn gwybod gormod o straeon damniol i wahanu nawr.

Wythnosau ynghynt, roedd y parti plu wedi bod yn gyfle i fyfyrio am fywyd cyn y salwch. Doedd Myfi ddim eisiau gadael y ddinas ond mynnodd Steff y byddai popeth yn iawn. Rhwng ei ffrind gorau a'i darpar ŵr, roedd y cyfan wedi'i drefnu, y tabledi wedi eu labelu a thri chynllun gwahanol wedi eu paratoi rhag ofn i rywbeth fynd o'i le.

Aeth y penwythnos heibio'n fflach o *Karaoke*, prosecco, *Uptown funk* a *fake tan*. Teimlai'n hi ei hun unwaith eto, gan gydio am ychydig ddyddiau yn yr hen Myfi oedd wedi mwynhau bywyd. Dyddiau'r coleg. Y dyddiau cyn Instagram. Galerïau o luniau ar Facebook. Dyddiau cwrw yn ei bol a *glitter* ar ei hwyneb. Ffrindiau. Mam iachus. Chwerthin. Yfed. Dawnsio tan dri y bore. Ysgafnder bod. Cat oedd y ffrind oedd yn atgoffa Myfi o hyd fod na le i ddathlu'r amherffaith a'r hawl ganddi i fod yn hi ei hun heb fod yn atebol i unrhyw un.

Yn y bywyd hwnnw, roedd Steff wrth ei hochr, nid yn gariad yn syth ond yn ffrind. Fe aeth y ddau i'r un brifysgol o'r un chweched dosbarth. I gychwyn, roedd e'n atgof dyddiol o adre, yn ymgorffori rhywbeth cyfarwydd a chynnes. Yn gyflym, tyfodd i fod yn rhan o'i diwrnod hi, y ddau yn cwrdd am baneidiau rhwng seminarau ac yn rhannu tacsis ar y ffordd nôl o nosweithiau mas yng nghlybiau'r ddinas. Roedd Steff yno ar gyfer y graddau da a'r ebyst yn cynnig swyddi ôl-raddedig. Roedd e hefyd yno yn dal ei gwallt nôl wrth iddi chwydu ar ôl yfed gormod o *vodka* a'r boreau o orfeddwl bodeibywydhiar-benarôly*booze*igyd.

Ar y bore nath ei mam farw, canodd cloch y drws. Safai John Post yno, yn ei siaced goch yn cario bag fel estyniad o'i gorff.

'Bore da Myfi. Mwy o barseli i ti'r bore ma.'

'Diolch John,' meddai Myfi yn ei phyjamas. 'Dwi'n cadw ti'n brysur, *eh*?'

Wedi wythnosau o drefnu'r digwyddiad mawr, yn ogystal ag archebu fitaminau newydd o wefannau estron i'w mam yn hwyr y nos, roedd Myfi a John wedi tyfu'n ffrindiau. Roedd ef yn rhan o rythm ei bore – patrymau a sicrwydd oedd i'w croesawu yn ei bywyd ar hyn o bryd. Doedd John, er hynny, ddim yn gyfarwydd iawn â'i gweld hi yn ei *dressing gown* yn hwyr y bore. Fel arfer byddai Myfi gyda'i gwallt yn dwt ar gefn ei phen, ei bochau'n wridog gyda cholur ffres. Roedd hi'n codi'n gynnar ac yn cwblhau swmp o waith cyn i'r mwyafrif ddihuno. Heddiw oedd y tro cyntaf iddi ymlacio ers wyth-nosau, gyda diwrnod i ffwrdd o'r swyddfa a'i mam yn ddigon iachus i fod yn ei chartref ei hun.

'Be sy nesaf ar yr agenda te, Miss Hughes? Fi'n teimlo fel bo na barsel newydd yn y tŷ ma bob dydd.'

'Mae'r *Save the Dates* wedi mynd mas ond nawr mae angen rhoi'r gwahoddiadau at ei gilydd. Dyma sydd yn y parsel. Wel, gobeithio, ta beth.'

'Rhoi nhw at ei gilydd? Beth wyt ti'n feddwl?' gofynnodd John, a'i drwyn coch yn crychu yn yr oerfel.

'Wel, ie, maen nhw fel catalogau bach y dyddiau ma, John. Mae na hyd yn oed ddarn o bapur lle mae pobl yn gallu awgrymu cân i'r DJ.'

'O'dd e ddim fforna pryd nes i briodi. Chi'n cael priodas fawr, te?'

'Dim rili, John, na.'

'Faint sy'n dod, te?'

Gwenodd Myfanwy iddi'i hun gan chwerthin yn dawel bach. 'Es i bach yn *carried away*.'

Nid priodas fawr oedd breuddwyd Myfi. Bu'n breuddwydio am seremoni ar lan y môr gyda'i ffrindiau agosaf yn gwylio. Yn y freuddwyd, roedd ei gwallt yn cwympo'n donnau ar ei hysgwyddau gyda blodyn ar ochr ei phen. Roedd Steff yn gwisgo crys heb dei a'i mam wrth ei hochr wrth iddi gerdded tuag ato. Dychmygai eu teuluoedd yn dawnsio mewn cylchoedd o amgylch y byrddau, eu cyrff yn rhydd wedi prynhawn o champagne ac areithiau da. Dim byd mawr i rai ond mawr iddi hi – ei ffrindiau gorau yn yr un lle ar yr un pryd.

Weithiau, ar y dyddiau mwy heriol, byddai Myfi yn ei phoenydio ei hun yn meddwl beth y byddai ei thad yn ddweud pe byddai yno i weld ei ferch yn priodi. Dychmygai'r don o frawddegau cariadus fyddai'n llifo o'i geg wrth roi ei araith, yn cynnig ei groeso cynnes i Steff, aelod newydd y teulu. Byddai'n ymestyn dros y blodau ar y bwrdd ac yn estyn llaw i'w fab yn nghyfraith – y foment o gydnabyddiaeth.

Ond ers yr haf, a'r newyddion, roedd y freuddwyd wedi newid i Myfi. Roedd hi moyn priodi ac yn gyflym. Tyfodd y rhestr o westeion yn hirach. Chwyddodd y gost. Y freuddwyd

nawr oedd trefnu digwyddiad oedd yn cynnig parti i'w mam
– cyfle i gydio'n sownd ynddi a chreu atgofion. Bob tro roedd
Cat neu Steff yn ei chwestiynu, byddai Myfi'n amddiffyn ei
chynlluniau. 'Mae bywyd yn rhy fyr. Dyma dwi moyn.' Tyfodd
ei hobsesiwn gyda chael y diwrnod perffaith i'w mam. Treu-
liodd oriau ar Pinterest. Prynodd ffrog, archebodd y blodau,
trefnodd y band.

'Bore o *admin* priodasol i ti, te?' holodd John.

'John, wyt ti'n golygu *wedmin*?'

'S'dim blydi cliw da fi, Myfi fach.'

Bob bore, safai'r ddau yn ffrâm y drws yn rhoi'r byd yn ei
le. Hi'n trafod y pethau mwyaf heriol ac yntau'n amsugno'r
cyfan gyda golwg sympathetig ar ei wyneb. Weithiau roedd
rhannu'n haws gyda pherson doedd hi braidd yn ei adnabod.
Doedd John ddim yn disgwyl dim gan Myfi. Roedd hi'n wên
iddo fe wrth wneud ei waith, ac yntau'n gysur iddi hi mewn
bywyd heb fawr o strwythur.

Dim *cweit* yn ffrindiau ond yn atgof dyddiol fod bywydau
pawb yn haws os ydy eraill yn garedig. Roedd hi'n ddiolchgar
amdano. Yn ddiolchgar am y ffaith ei fod yn cofio ei thad ac
yn meddwl amdano bob tro y byddai Myfi'n gwenu. Doedden
nhw ddim yn agos ond roedd llinynnau anweledig tapestri
bach eu cymuned yn golygu bod cyd-ddealltwriaeth rhwng y
ddau.

'Diwrnod off da ti heddiw, te?'

'John, plis, jyst achos bo fi yn fy PJs.'

'Wel, ti'n edrych yn ... wahanol.'

'Yn *mess*, ti'n feddwl?'

Gwenodd John. 'Sut mae dy fam? Dwi'm yn gweld hi'n aml
yn y boreau.'

'Ydy, mae hi'n oce, diolch.'

'Ydy?'

'Ydy. Mae'r *chemo* ar ben nawr ond mae hi'n dal yn byw fama gyda fi a Steff fel bo ni'n gallu monitro pethau. Mae hi'n cysgu llai nawr. Bwyta mwy, *thank God*. Gawn ni Nadolig allan o'r ffordd ac wedyn mi fydd na fwy o brofion.'

Roedd Myfi, erbyn hyn, wedi meistroli'r sgript: digon o fanylder i ateb y cwestiwn ond yn ddigon amwys i osgoi cwestiynau pellach. Pe byddai Myfi wedi ateb y cwestiwn yn onest, mi fyddai hi wedi dweud bod corff ei mam yn gwegian a'i choesau yn clecian mynd gyda'r tabledi amrywiol oedd yn ei chadw hi'n fyw. Byddai wedi dweud, yn yr awr oedd yn dilyn swper bob nos, eu bod yn gallu gweld y bwyd yn symud drwy system corff ei mam a phoen yr asid yn amlwg ar ei hwyneb. Byddai Myfi wedi dweud bod ei mam yn yfed litr ar ôl litr o ddŵr ond bod syched arni o hyd. Byddai'n dweud bod ei bola hi'n chwyddo gyda'r baw oedd yn methu ffoi ar ôl iddi fwyta.

Mae rhywun wastad yn meddwl taw cwestiynau mawr bywyd sydd yn llenwi dyddiau olaf claf. Byw, marw, caru, parchu. Mi fyddai rhywun yn dychmygu sgyrsiau athronyddol am edifarhau a dysgu gwersi. Y gwir amdani yw taw cachu sy'n hawlio'r sylw yn y dyddiau olaf. Methu cachu, eisiau cachu, cachu dy hun, cachu gormod, angen help yn cachu.

Ry'n ni i gyd yn fodau dynol sy'n goroesi ar gariad ac ysbrydoliaeth a chefnogaeth ond fel roedd Myfi nawr yn ei wybod, heb y gallu i lanhau dy gorff o garthion, ry'n ni jyst fel popeth arall yn y byd yma: yn *stuffed*.

'Ydy,' meddai Myfi. 'Mae hi'n oce.'

'Ma fe'n lot i ti, Myfi.'

Oedd, mi roedd e'n lot i Myfi ond doedd hi ddim yn ildio i feddwl am y peth. Doedd hi heb lefain. Doedd hi heb orwedd yn y gwely. Treuliodd y misoedd yn carlamu ymlaen, gan lenwi ei dyddiau gyda digon o waith er mwyn ei hatal ei hun rhag meddwl. Ac yna, safai Steff gyda'i ddwylo mas o'i flaen yn barod i'w dal. Nid Myfi oedd yn marw o ganser, ac eto, roedd darnau ohoni'n dost. Doedd hi heb ddysgu hynny eto.

Sylweddolodd John yn syth fod Myfi'n methu ateb wrth iddi edrych i lawr a chyfnewid pwysau ei chorff o un droed i'r llall.

'Hei, nes di sylwi bod na barsel fanna sy'n dweud *Mrs Myfi Cole*?'

'Sa i'n siŵr beth sydd yn hwnna.'

Trodd John ar ei sawdl a throedio'r lôn â'i fag trwm o barseli ar ei gefn. Cyn cyrraedd yr heol, gwaeddodd yn ôl ar Myfi: 'Hei, cer i gael nap bach tra bod amser da ti. Cofia fi at dy fam. Wela i di fory mae'n siŵr.'

Wrth gau y drws ar John a'r byd, trodd Myfi ei sylw unwaith eto at y rhestr ddiddiwedd o bethau oedd ganddi i'w gwneud. Y bore ma, meddyliodd, mi fyddai'n rhaid i bethau aros.

Roedd Myfi wastad wedi gwybod y byddai ei mam yn marw ar ddiwrnod arferol. Nath hi byth ystyried taw partïon plu a sgyrsiau ar y stepen drws fyddai'n hawlio'r agenda ar yr union foment roedd ei llygaid glas yn cau am y tro ola.

'Ti ddim yn mynd i *hen-do* Sioned fis nesa, te Cat?'

'Sa i moyn,' meddai Cat, 'ond mae bywyd yn rhy fyr *and all that*. Dwi *literally* yn gallu meddwl am gant a mil o bethau eraill fyddai'n well gen i neud.'

'Ca dy ben. Nei di joio.'

'Wyt ti'n mynd, Myf?'

Gwenodd Myfi wrth i'w phen gwympo. Roedd yfory'n teimlo mor bell. 'Gawn ni weld, *eh*? Os yw Mam yn oce, falle.'

Cusanodd Myfi ei ffrind gorau ar ei phen. Roedd ei chroen yn dwym gydag arogl cyfarwydd ei phlentyndod. Caeodd ei llygaid am eiliad. Roedd y byd o'i chwmpas yn chwalu a'r hyn yr oedd hi'n ei wybod yn diflannu ond roedd Cat yno, yn ddi-gwestiwn. Distawrwydd. Y ddwy. Popeth yn wahanol ond eto popeth yr un fath. Tŷ newydd, yr un ddinas. Claf newydd, yr un boen. Diwrnod newydd, yr un pryder.

'Wel, fi di talu'r blaendal *so* fi'n blydi mynd. Reit – y gwahoddiadau. Fi sy'n neud nhw. Cer i roi dy draed lan. Ti'n edrych yn *knackered*, Myfanwy Hughes.'

Haf 2022

Eisteddai'r ddwy yn dawel yn y car. Gwisgai Myfi ei ffrog newydd, gyda'i gwallt yn slic mewn pêl ar waelod ei phen. Y bore hwnnw roedd ganddi gwlwm yn ei stumog a theimlad fod rhywbeth ar fin mynd o'i le – teimlad yr oedd hi'n ei adnabod yn dda iawn ers yn blentyn. Roedd pethau'n rhy berffaith. Roedd hi a Steff wedi dyweddïo, roedd gwaith yn mynd yn dda ac roedd ei mam i'w gweld yn iachus. Gwisgai ei dillad smart fel arfwisg, gan deimlo fel petai rhywun ar fin ei dal hi mas unrhyw eiliad.

Ar y bore hwnnw ym mis Awst, roedd ei mam yn benderfynol o arwain. 'Wna i bigo ti lan cyn cinio,' meddai. 'Gwisga rywbeth neis, er mwyn y tad. Mae gen i syrpreis i ti. O, a brwsia dy wallt. Plis.'

Mynnodd Myfi fod ganddi ormod ar ei phlât. Roedd diwrnod i ffwrdd o'r swyddfa yn wastraff ond roedd Elen yn gwybod yn iawn sut i berswadio ei merch. Gyrrodd yn ei char bach o galon y ddinas i droed y mynydd lle eisteddai'r winllan werdd. Roedd y ddwy yn mynd i gael diwrnod o flasu'r gwin pefriog newydd, meddai.

Wrth yrru drwy'r strydoedd lle roedd y ddwy wedi treulio eu bywydau, y strydoedd lle roedden nhw wedi colli ei thad ac wedi ailadeiladu eu bywydau, rhoddodd Myfi ganiatâd iddi'i hun ymlacio. Yma roedd ei lle hi. Yma roedd ei chartref. Am y tro cyntaf ers sbel, roedd Elen am i Myfi fwynhau yn y foment, nid wrth edrych yn ôl.

'Nawr te, Miss Myfi, le dwi wedi bod yn ysu i fynd ers misoedd?' holodd Elen a'i gwallt yn dawnsio o gwmpas ei hwyneb yn yr awel. Edrychai'n hamddenol gyda'i sbectol haul ar ei thrwyn a'i chroen euraidd yn edrych yn berffaith gyda'i gwefusau coch.

Trodd Myfi at ei mam ac ochneidio. 'I'r blydi winllan. Ar ddydd Mawrth, Mam? Rili?'

'Syrpreis!' meddai Elen, a'i hwyneb yn wên o glust i glust wrth gyrraedd y maes parcio.

'Sut ni'n mynd i gyrraedd adre ar ôl y gwin, Mam?' holodd Myfi, yn gwisgo cap y rhiant synhwyrol unwaith eto. Cap roedd hi wedi bod yn ei wisgo ers iddi fod yn ferch.

'Mae Steff yn dod i'n nôl ni. Dwi di trefnu popeth. Ymlacia, nei di?'

'Iawn. Ond i ni rili angen byta, Mam, cyn y gwin. Ti'n gwybod bo ti methu yfed ar stumog wag.'

'Myfi, plis. Ni ma i joio. Dwyt ti'm yn fam i mi. Ti di bod yn mynd mlaen am y lle ma ers misoedd.'

'Ond beth am dy dabledi? Ar stumog wag? Mam, plis.'

'Myfi. Stopa, chan. Ni ma i joio'r gwin.'

Roedd haul y dydd yn isel yn yr awyr a'r golau llachar yn dallu'r ddwy wrth iddyn nhw gerdded, fraich ym mraich, i fyny ac i lawr ar hyd rhesi'r gwinwydd. Esboniodd tywysydd y daith sut roedd maetholion y tir yn llenwi'r grawnwin gyda'r sudd melys oedd yn troi, yn y pen draw, yn win. Gwrandawai Myfi yn astud, yn ceisio deall pob cam o'r broses, wrth i Elen wingo fel plentyn wrth ei hochr, yn ysu am gael blasu'r danteithion yn y gwres. Dwy fenyw ar ddwy daith dra gwahanol.

Wedyn bu'r ddwy'n gweithio'u ffordd drwy gyfres o wydrau gan swilio'r hylifau aur, pinc a choch o'u cwmpas a'u harogli fel pe baent yn arbenigwyr. Gyda phob diferyn, ymlaciai Myfi, ei chorff yn toddi yn y gadair. Roedd y prynhawn yn berffaith a gwres y dydd wedi cynhesu esgyrn blinedig y ddwy fenyw.

'Pryd wyt ti'n bwriadu prynu'r ffrog ma, te? Dyw amser ddim ar ein hochr nawr, Myf.'

'Mam, ma o leiaf blwyddyn da ni to. Ti sy angen ymlacio, nid fi.'

Cododd Elen ei hysgwyddau, gan gyfnewid edrychiad gyda'i merch oedd yn dweud 'Gwna be ti moyn ond ti'n gwybod bo fi'n iawn'. Roedd y ddwy yn rhannu iaith oedd yn unigryw iddyn nhw; y math o iaith lle doedd y brawddegau byth yn cael eu gorffen a'r distawrwydd weithiau'n uwch na'r sgwrs.

'Pa fath o ffrog wyt ti'n meddwl gei di?'

'Rhywbeth gyda sgert dynn. Dim byd rhy fawr. Sa i moyn edrych fel un o'r bobl na ar Say *Yes to the Dress*, ti'n gwybod?' Pletiodd Elen ei gwefusau, gan godi'r gwydryn i'w cheg a bwrw ei golwg i ben arall yr ystafell. 'Beth? *Beth*?'

'Wel...'

'Wel, beth?'

'Dwi'm yn gwybod os yw mynd yn dynn ar dy gluniau di'n syniad da, Myfi. Mae pethau eraill fyddwn i'n pwysleisio o ran siâp dy gorff.'

'Pwysleisio?'

'Ti'mod.'

'Ffycin el, Mam. *Seriously*?'

'Paid ti rhegi, jiawl.'

Cododd Myfi o'i chadair ar unwaith, a'i hwyneb yn swrth. Daeth y sgwrs i ben gyda geiriau ei mam yn hongian yn drwm yn yr awyr. Trodd ar ei sawdl tuag at y drws. Roedd ei mam mor ddiflewyn-ar-dafod am bopeth. Teimlai wres ei rhwystredigaeth yn symud o'i brest i fyny at ei gwddf. Anadlodd yn ddiplomataidd. Dwi angen bod yn oedolyn fan hyn, meddyliodd.

'Esgusodwch fi,' meddai Myfi wrth y fenyw ifanc yn y crys gwyn.

Teimlodd Elen banig yn ei stumog wrth feddwl fod y diwrnod ar ben yn rhy gynnar wedi geiriau twp a gormod o win. Gwyddai fod ei merch yn sensitif am ei chorff. Gwyddai taw gwendid Myfi oedd plesio pawb a gwyddai ei bod hi'n euog o chwarae ar hynny.

'Mae angen mwy o win arnon ni,' meddai Myfi. 'Yn gyflym.'

'Dau wydryn arall? Pinc neu befriog?'

'Na, gawn ni'r botel.'

Treiddiodd chwerthin ei mam drwy'r distawrwydd, a'i gwên yn ffrwydro ar draws ei hwyneb.

'Sori, Myfi,' meddai Elen. 'Ddylwn i ddim fod wedi bod mor ... swrth.' Mae ei chorff hi'n berffaith, meddyliodd. Mae hi'n berffaith, fy merch berffaith.

'Ta beth, blydi cluniau ti sy da fi ma *so* ca dy ben, nei di?'

Roedd hynny'n wir – roedd Myfi yn union fel ei mam. Roedd gan y ddwy goesau byr, cluniau llydan a chanol bach. Roedd y ddwy yn hoff o lyfrau, a'r traeth a'r gwres na sy'n taro wrth i ti gamu oddi ar awyren mewn gwlad dramor. Roedd y ddwy yn mwynhau cinio dydd Sul ac yn chwerthin ar yr un math o jôcs. A diolch i'r pethau bach yma, y cynhwysion sy'n gwneud bywyd yn braf, roedd plentyndod Myfi yn un hapus. Cafodd ei magu mewn cartref llawn cariad, hyd yn oed ar ôl colli ei thad.

Bob bore dydd Sadwrn, byddai hi a'i mam yn mynd i'r môr i nofio. Byddai'r ddwy yn siglo i fyny ac i lawr wrth i'r dŵr hallt eu trochi. Wrth yrru'n ôl i'r tŷ, eu trwynau'n binc a'u dwylo'n rhew i gyd, byddai Myfi yn syllu ar ei mam yn canu gyda'r radio. Roedd hi mor gryf. Yn fam ac yn dad iddi. Yn ffrind ac yn chwaer iddi.

Ac eto, er gwaetha'r oll roedden nhw'n ei rannu, roedd y ddwy mor wahanol. Roedd Myfi'n meddu ar gymeriad ei thad. Roedd hi'n bengaled ac yn gryf ac eto ildiai bob tro y byddai'r tân yn ymddangos ar wyneb ei mam. Weithiau byddai Myfi yn gorwedd yn ei gwely yn grac nad oedd ei thad yno. Y peth mwyaf oedd yn uno'r ddau oedd y ffaith ei bod hi'n treulio'i bywyd yn ceisio gwneud ei mam hi'n hapus.

Wrth i'r haul ddiflannu y tu ôl i'r mynydd, gyda'r poteli'n gwagio a'r tywyllwch yn trochi'r winllan, ymddangosodd Steff yn ei gar yn barod i gludo'r ddwy adre. Cwympodd Myfi i'r sedd gefn ac o fewn eiliadau o yrru, roedd ei llygaid ar gau a'i cheg ar agor.

'Mae Myfi di manteisio ar y gwin, te?'

Gwenodd Elen iddi ei hun. Roedd ei merch fach yn feddw ac yn cysgu yng nghefn y car yn union fel roedd hi'n ei wneud yn faban ar ôl llaeth. Yn yr eiliadau yna, diflannodd popeth, gan adael yr unig beth oedd yn bwysig iddi: hi a'i merch. Roedd y graddau mawr a'r swyddi pwysig a'r sgyrsiau synhwyrol yn golchi ymaith a'r ddwy ohonyn nhw yn fam a merch unwaith eto. Roedd ei gwallt yn rhydd o'r cwlwm tynn ar gefn ei phen a'i bochau'n batrwm o lipstic coch ei mam.

'O do, ni di joio. Diolch am helpu fi drefnu'r cyfan.'

'Mae hi di bod yn *stressed* ofnadwy yn y gwaith. O'dd hi angen y diwrnod mas, dwi'n credu.' Edrychodd Steff yn y drych i gadarnhau fod ei gariad yn cysgu'n sownd o hyd. 'Nes di ddweud wrthi?'

Eisteddai Elen yn wynebu'r heol, yn anwybyddu'r cwestiwn mawr oedd yn ei phryderu. Gwyddai y byddai Steff moyn gwybod. 'Ti'mod be, mae'n anhygoel pa mor neis yw'r gwin o ystyried fod Cymru mor oer.'

'Elen, roedd cytundeb da ni. Mae'n rhaid iddi wybod cyn i bethau fynd yn waeth. Dwi'n methu parhau i ddweud celwydd wrthi.'

'Maen nhw'n dweud, ti'mod, fod y *sauvignon blanc* o Gymru gystal nawr â'r stwff o Seland Newydd.'

'Elen, mae hi angen cael gwybod. Does dim amser i'w wast-raffu nawr. Mae hi angen gwybod cyn i'r *chemo* ddechrau.'

'Amser i'w wastraffu,' cilwenodd Elen. 'Fyddai hynny'n neis.'

Roedd Elen wedi ymddiried yn Steff ers wythnos, gyda'r gyfrinach yn rhy drwm i'w chario ar ei phen ei hun. Fe oedd wrth ei hochr wrth i'r meddyg ddweud y geiriau, yn gymorth oedd yn ddigon agos i ddeall ond yn ddigon pell i dderbyn yr ergyd.

Bob bore ar y ffôn ystyriodd Elen ddweud wrth Myfi. Roedd y geiriau ar flaen ei thafod ond roedd rhywbeth yn ei hatal bob tro, rhyw reddf famol oedd eisiau ei hamddiffyn rhag creulondeb y newyddion. Ei dymuniad fyddai aros yn dawel tan ar ôl y briodas ond roedd amser yn ei herbyn a'r moddion yn greulon i'w chorff.

'Fi'n sori, Elen.'

'Dwi'n methu torri ei chalon hi, Steff. Dwi'm yn ddigon cryf i wneud hynny. Roedd hi mor ifanc yn colli ei thad.'

'A dwi'n methu cuddio'r gwir oddi wrthi chwaith, Elen. Plis.'

'Ti yw ei theulu hi nawr, Steff. Ti'n deall?'

Gwyddai Elen fod Steff yn mynd i fod yno wrth ochr Myfi yn y dyfodol ac eto teimlai fod angen sicrwydd. Dyna'r unig elfen o reolaeth oedd ganddi bellach. Roedd y corff oedd wedi cynnig y ferch fwyaf hardd iddi nawr yn cau lawr. Roedd gwenwyn yn lledaenu ynddi a doedd dim byd gan y meddygon ar ôl i'w gynnig. Roedd gwreiddiau'r canser yn sownd ym mhob cilfach.

'Wrth gwrs, Elen.'

'Y peth yw, Steff...'

'Mae'n iawn. Fi'n deall.'

'Nac wyt. Y peth yw, Steff, mae'r ferch na sy'n cysgu yng nghefn dy gar yn cael ei phwyso lawr gan y cynllun concrid yma yn ei phen. Mae hi wastad di bod yr un fath, fel petai hi wedi penderfynu taw rôl ei chymeriad hi yn y ddrama ydy fficso popeth. Dyw methu ddim yn opsiwn. Gwenu, cysuro, sortio. Dyw hi byth yn cwyno, byth yn gofyn am help. Falle'i bod hi'n edrych yn gryf, Steff, ond fi'n eithaf sicr bod hi'n *knackered*.'

'Elen.'

'Ti jyst angen bod yn barod, oce? Unwaith bydd *autocue* ei galar hi yn rhedeg mas a'r bobl sydd wedi bod yn cydymdeimlo i gyd yn diflannu, mi fydd hi'n gorfod gweithio mas sgript ei bywyd to. Ry'n ni dwy wedi gwneud hynny unwaith yn barod.'

'Dwi mor sori, Elen.'

'Fi sy'n sori, Steff bach. Fi sy'n blydi sori.'

Eisteddodd y ddau yn dawel am weddill y siwrne gydag Elen yn ceisio anwybyddu'r lleisiau yn ei phen a Steff yn trio cyfansoddi brawddegau i lenwi'r munudau. Wrth iddyn nhw gyrraedd y ddinas, dihunodd Myfi o'i chwsg. 'Le y'n ni?'

'Bron adre, cariad, meddai Elen.

'*God*, Mam, fi'n credu bo fi bach yn *pissed*.'

'Wel, wel, wel.'

Llenwodd y car gyda sŵn y tri yn chwerthin. Trodd Steff y radio mlaen a dechreuodd Elen ganu. Weithiau, yn yr ysbeidiau tawel, roedd y cymylau du yn gwasgaru a haul bywyd arferol yn dychwelyd. Weithiau roedd Elen yn anghofio bod y cloc nawr yn tician. O'dd hi'n annhebygol o weld ei merch yn priodi, meddyliodd. Annhebygol o fod yn fam-gu. Ac eto, roedd ganddi'r gallu i anghofio'r cyfan ac ymfalchïo yn y ffaith fod na gerddoriaeth a gwin a chwerthin. Roedd na gymaint o gariad yn y car bach yna. Mae na gymaint o fyw i wneud cyn marw, meddyliodd.

'Ges di amser neis te, Mam?'

'Yr amser gorau, cariad. Yr amser blincin gorau.'

'A fi.'

Gaeaf 2022

Roedd golau'r dydd wedi trochi'r ystafell fyw a'r cysgodion euraidd yn dawnsio ar y llawr. Roedd ei *hangover* wedi clirio a'r gegin yn lân, pob gwydryn yn ôl yn y cwpwrdd a chawl yn barod ar gyfer swper. Eisteddai Myfi yn ei chartref newydd yn hen gadair ei thad a ddaeth gyda'i mam pan symudodd hi i mewn ychydig fisoedd yn ôl, yr ochrau uchel fel ei freichiau o'i hamgylch. Roedd gwres yr haul gaeafol yn dwym ar ei hwyneb. Doedd ganddi ddim i'w wneud am y tro cyntaf ers wythnosau. Dim byd oedd yn gorfod cael ei sylw heddiw. Dim apwyntiadau, dim gwaith, dim tasgau priodasol.

Eisteddai yn meddwl am ei thad a beth yn union y byddai ef yn ei ddweud a'i wneud petai e yno – arfer oedd wedi cynnal Myfi fel angor gydol ei hoes. Weithiau, roedd hi'n siarad gydag ef yn dawel yn ei phen, yn cyfansoddi sgyrsiau am y pethau bach a'r pethau mawr. Gwyddai y byddai ei thad wedi hoffi Steff. Gwyddai y byddai wedi bod yn falch ohoni hi a'r bywyd roedd hi wedi ei greu.

Wedi misoedd o fod nôl a mlaen o'u fflat bach, roedd yr ystafelloedd yn dechrau teimlo fel cartref iddi. Roedd arogl y lleithder wedi diflannu a hithau wedi dechrau anadlu. Weithiau byddai hi'n dychmygu ei phlentyn, ryw ddydd, yn chwarae ar y mat o flaen y tân a sŵn y gegin yn cario drwy'r tŷ wrth iddi goginio danteithion i swper, gyda Steff wrth ei hochr yn arllwys y gwin.

Prin oedd y dyddiau pan fyddai Myfi yn caniatáu iddi'i hun ddychmygu byd y tu hwnt i'r nawr. Ond heddiw roedd y niwl yn dechrau toddi a hithau'n ymfalchïo yn y golau. Roedd ei mam yn ymateb yn bositif i'r moddion a'r meddyg i'w weld yn hapus fod dim newid wedi bod yn ei chyflwr. Dros yr wythnosau diwethaf, fe ddaeth Myfi i'r casgliad fod bywyd fel gyrru ar y draffordd: mae'r daith yn gyflym ond yr unig ffordd ydy ymlaen.

Canodd y gloch. Roedd rhywun wrth y drws. Bywyd yn cnocio i chwalu'r heddwch. Nôl i'r drefn, meddyliodd. Fedrai hi ddim ffoi oddi wrth realiti am rhy hir. Safai'r dyn post y tu ôl i'r drws, ei gorff yn llenwi'r ffrâm. Roedd awel y bore yn oer a'r gwely o ddail dan ei draed yn dawnsio yng ngwynt y gaeaf fel fflamau.

'Nôl to? Fi'n gweld ti'n fwy aml na fi'n gweld Steff, John.'

'Diwrnod arall o *wedmin* heddiw? Nes di orffen y catalogau bach?'

'Do,' meddai Myfi, yn sefyll yn ei phyjamas. 'Mae Mam yn dal yn ei thŷ yn sortio cwpl o bethau. Fydd hi nôl heno.'

Gwenodd Myfi ar John cyn cau'r drws a chloi'r byd mas am ddiwrnod arall. Roedd y parseli'n llond ei dwylo a hithau'n methu cofio beth yn union roedd hi wedi'i archebu'r tro hwn. Eisteddodd nôl yng nghadair ei thad a throi'r radio mlaen wrth ei hochr.

Roedd Myfi wastad wedi gwybod y byddai ei mam yn marw ar ddiwrnod tawel. O'dd hi wastad yn gwybod y byddai ei byd hi'n chwalu a golau ei mam yn diffodd wrth iddi olchi'r llestri neu smwddio dillad.

Y diwrnod hwnnw, roedd byd Myfi wedi ei feddiannu gan sgyrsiau am briodasau.

Agorodd y parsel ar ei chôl. Dan haen o gardfwrdd, mewn parsel wedi'i lapio mewn sidan eisteddai dyddiadur lledr newydd. Roedd ei henw newydd wedi ei ysgrifennu ar y clawr ac ar y tu mewn nodyn yn y llawysgrifen fwyaf cyfarwydd iddi: llawysgrifen ei mam.

> Ysgrifenna stori dy hun. Mam x

Agorodd Myfi ei ffôn. Roedd llun ohoni hi a'i mam yn yfed gwin yn llenwi'r sgrin, gyda lipstic coch ar draws eu cegau a haul yr haf diwethaf ar eu hwynebau. Dechreuodd deipio neges iddi:

Pryd wyt ti'n bwriadu dod nôl? Wyt ti angen lifft neu gei di dacsi? Dwi di neud cawl i swper. Ti'n ffansïo hwnna? Diolch o galon am yr anrheg. M x

Ymddangosodd dau dic wrth ochr y neges. Aethon nhw ddim yn las.

I weddill y byd roedd marwolaeth Elen yn grych mewn môr anferthol ond i Myfi, roedd tswnami ar fin ei tharo a thonnau hallt ei bywyd newydd ar fin ei throchi. Yr eiliad bach rhwng byw a marw. Yr eiliad bach rhwng suddo a nofio.

SIÂN NORTHEY

'SUT WYT TI?' 'DWI'N IAWN.'

Dwi wedi dechrau ysgrifennu hyn dwn i ddim faint o weithiau, ond yn methu cael gafael arno fo rywsut. Dwi'n methu creu llwybr twt trwy ychydig filoedd o eiriau er mwyn esbonio'r hyn sy'n corddi yn fy mhen. Efallai ei fod o'n rhy fawr, yn rhy flêr, yn rhy newydd. Efallai bod fy nheimladau, a'r wybodaeth sydd gen i, yn newid yn gynt nag y medra i sgwennu pwt o ysgrif. Efallai nad ydw i go iawn isio sgwennu amdano. Mae troi pethau yn eiriau, yn enwedig geiriau ar bapur, yn eu gwneud yn real.

Gwell dechrau efo'r diriaethol. Mi rydw i'n sgwennu hwn ar liniadur MacBook Air dyflwydd oed. Mi rydw i'n eistedd mewn tŷ cynnes lle mae'r cypyrddau yn llawn bwyd a dillad. Ddoe mi wnes i dalu rhywun i osod teils ar wal y gegin, ac mi rydw i'n cael pleser o fy nheils gwyrddlas newydd.

Ond – mi roeddach chi'n gwbod bod 'na 'ond' ar y ffordd, yn doeddach? – ond mae 'na gysgod tros hyn i gyd. Mae o yna trwy'r adeg, ond ar ei fwyaf amlwg ar yr adegau mae fy wyres yn dweud rhywbeth am 'pan fydda i'n hogan fawr', ac ar yr adegau hynny mae fy llais yn chwarae'r gêm, mi rydw i'n gobeithio bod fy wyneb yn chwarae'r gêm, ond mae 'na damed bach o fy nghalon, o fy mherfedd, o fêr fy esgyrn, yn fferru. Fferru mewn ofn, mewn anghrediniaeth neu mewn diffyg deall – un o'r rhain, y tri efallai.

Y broblem ydi fy mod i, er gwaethaf rhywfaint o ofn, rhyw-faint o anghrediniaeth a chryn dipyn o ddiffyg deall, yn derbyn bod fy myd i, a'i byd hi, yn mynd i ddod i ben, y byd lle mae 'na gyfrifiaduron dibynadwy *rose gold*, cypyrddau llawn a theils cegin newydd. Mae hwnnw yn mynd i ddod i ben. Mae'r hyn sy'n digwydd i hinsawdd y ddaear yn mynd i ddod â phopeth felly i ben. Nid bod y newid yn yr hinsawdd ohono'i hun yn mynd i ddinistrio popeth yn uniongyrchol, er y bydd yna ddigon o alanas yn deillio o hynny. Ond y gwir drychineb yw'r holl bethau y bydd yr hinsawdd yn effeithio arnyn nhw. A'r holl bethau y mae'r pethau hynny yn mynd i effeithio arnyn nhw. Tywydd yn effeithio ar beillwyr, peillwyr yn effeithio ar gnydau, diffyg bwyd yn creu chwalfa wleidyddol a chymdei-thasol, a chwalfa felly yn creu pobl ar eu gwaethaf. Dominos diddiwedd. Ond efallai nad ydyn nhw'n ddiddiwedd. Weithiau mae pob un domino'n disgyn. A phan ddigwydd hynny mae'r stori'n dod i ben, tydi?

Mae'n bosib mai dyna pam mae'r peth yn chwarae ar fy meddwl gymaint. Straeon ydi fy myd. Ymhell cyn i mi ddechrau eu sgwennu fy hun roeddwn i'n hanner byw rhwng cloriau llyfrau. A dyna mae cloriau'n ei wneud – maen nhw'n rhoi dechrau a diwedd i stori. Dwi wedi darllen cymaint o nofelau dystopaidd fel na fedra i ddychmygu peidio â gweld diwedd y stori, waeth pa mor erchyll ydi'r darn yn y canol. Mae 'na wastad lond dwrn o bobl ar ôl yn y diwedd, does? Hyd yn oed ar ddiwedd *The Road*, Cormac McCarthy, mae yna lygedyn o obaith. Fel arfer y rhai y gwnaethoch chi eu cyfarfod yn nhudalennau cyntaf y llyfr ydi'r rhai sy'n goroesi yn y diwedd. Ac mae 'na rhyw ddealltwriaeth ddistaw, gudd rhwng awdur a darllenydd fod pethau'n parhau ar ôl i chi gau'r llyfr. Ond rŵan mae arna i ofn na fydd yr un o'r cymeriadau y gwn i amdanyn nhw yno ar ddiwedd y stori, ac na fydd y stori'n parhau. Fydd yna ddim diwedd twt a gobeithiol, a fydd yna ddim ail gyfrol.

Ac wrth gwrs ym mhob stori mae yna arwr, ac mae pawb yn arwr yn ei stori ei hun. Mae'n eithriadol o anodd dychmygu byd lle nad ydan ni'n bodoli, bron yn gonundrum athronyddol. Mae'r frawddeg *Mi rydw i wedi marw* yn cynnwys y gair *fi*. Mi rydan ni wastad yno, hyd yn oed os mai ein habsenoldeb sy'n cael ei gofnodi. Waeth pa mor ddiymhongar a gwylaidd ydan ni, ni ydi'r prif gymeriad. Ond wn i ddim sut i fod yn arwr yn y stori hon. Dan ni wedi hen hen basio'r pwynt lle mai'r arwyr ydi'r rhai sy'n ailgylchu eu poteli plastig. A waeth i ni dderbyn nad ydi newid pob car diesel yn gar trydan yn ddim mwy nag ailgylchu plastig ar gyfer y breintiedig. Trwy ddulliau chwyldro ydi hi yn y sefyllfa hon hefyd, a does yna ddim byd yr ydw i, na neb o fy nghydnabod, yn ei wneud sy'n agos at chwyldro.

Dwi wedi bod yn lwcus – dwi erioed wedi gorfod cynnal rhywun oedd wedi cael deiagnosis terfynol. Mae hyd yn oed y ddau gi diwethaf wedi gwneud pethau'n hawdd i mi – wedi syrthio'n farw mewn gwth o oedran ac yn ymddangosiadol iach hyd at y deg munud olaf. O ran hynny, er ei fod yn hen ddyn gwael, fe wnaeth fy nhad rywbeth digon tebyg. Felly alla i ond dyfalu be ydi'r peth iawn i'w wneud pan dan ni, ymhell o flaen llaw, yn wynebu'r diwedd, ac efallai'n gwybod fwy neu lai faint o amser sydd ar ôl.

Yn achos fy myd bach i dwi'n credu fy mod i'n derbyn bod y deiagnosis terfynol yn gywir. Mae'r gwadu a'r anwybyddu wedi mynd heibio. Mi rydw i'n credu bod yr hyn yr ydan ni'n ei wneud, ac wedi'i wneud, i'r ddaear, yn golygu na fydd gwareiddiad dynolryw fel ag y mae o ar hyn o bryd yn goroesi lawer hirach. Tydi credu bod rhywbeth yn wir ddim yr un peth â'i dderbyn, wrth gwrs. Ond mi rydw i'n raddol dderbyn y sefyllfa. Ac ar ôl y derbyn mae yna ddau gwestiwn: sut gallwn ni wneud y diwedd mor ddi-boen â phosib, a beth ydi'r peth gorau i'w wneud efo'r amser sy'n weddill. Efallai mai un cwestiwn ydi o.

Tydw i ddim yn sôn am hyn efo llawer o neb. Falla fod hynny'n rhywbeth i'w wneud efo bod yn fenyw.

'Sut wyt ti?'

'Dwi'n iawn.'

Er dy fod ti newydd gael erthyliad, neu wedi colli plentyn; er dy fod ti'n dioddef symptomau *menopause* erchyll / wedi cael dy adael dy hun i fagu tri o blant / yn ofalus iawn, iawn be ti'n ddeud ar nos Sadwrn ar ôl i'w dîm o golli / heb gael dyrchafiad oherwydd i ti ofyn am amser i fynd â dy fam oedrannus i'r sbyty. Mae gan bob un ohonom ryw gymal neu ddau i'w osod yn fanna.

'Sut wyt ti?'

'Dwi'n iawn. Dwi'n iawn er bod yna chwalfa amgylcheddol ar y gorwel. Dwi'n iawn er mai ar wragedd a merched mae newid hinsawdd yn effeithio waethaf.'

Mae'r Cenhedloedd Unedig yn amcangyfrif fod 80% o'r bobl sy'n gorfod gadael eu cartrefi oherwydd newid hinsawdd yn fenywod. Chwyddo pob anghyfartaledd wna newid hinsawdd. Os oes angen cerdded i nôl dŵr neu danwydd, yn amlach na pheidio merched sy'n gwneud hyn; os oes angen cerdded ymhellach eleni nag oedd rhaid ei wneud y llynedd oherwydd bod y llyn yn sychu neu'r goedwig yn crebachu, y merched yw'r rhai sy'n cerdded ymhellach. Ym mhob trychineb mae'r effaith ar fenywod yn waeth. Yn dilyn tswnami 2004 yn Sri Lanka, Indonesia ac India dywed adroddiad gan Oxfam fod y gymhareb o ddynion wnaeth oroesi o'u cymharu â merched bron yn 3:1. Doedd dim un rheswm penodol – cyfuniad fwyaf tebyg o ddynion yn fwy tebygol o allu nofio, efallai yn nofio'n gryfach, a'r ffaith fod llawer o fenywod wedi colli amser gwerthfawr yn ceisio gofalu am blant a pherthnasau mewn oed yn hytrach na ffoi. Ac mae astudiaethau a wnaed dros gyfnodau o hyd at ugain mlynedd yn dangos bod trychinebau, boed yn drychinebau newid hinsawdd neu fel arall, yn effeithio'n waeth ar fenywod na dynion yn y tymor hir hefyd.

Er enghraifft, pan fydd sychder yn gwneud pethau'n anodd mewn ardaloedd gwledig y patrwm yn aml iawn ydi bod y dynion yn gadael y gymuned ac yn mynd i'r trefi a'r dinasoedd i weithio am gyflog gan adael eu gwragedd a'u plant gartref yn ceisio eu cynnal eu hunain mewn sefyllfa sy'n mynd yn anoddach ac anoddach. Mae'r menywod hyn yn dibynnu ar ei gilydd ac ar rwydweithiau yn eu cymunedau. Pan fydd rhywbeth – llifogydd efallai – yn eu gorfodi i roi'r gorau iddi a gadael, mae'r rhwydweithiau hynny'n chwalu a phethau yn mynd yn waeth fyth. Yn aml fe all hynny arwain at fwy o drais yn erbyn y menywod gan eu bod mewn sefyllfa fregus.

Ond menywod gwahanol i mi, mewn gwledydd gwahanol i Gymru, ydi'r rhain yn de? Dwi, ar ddydd Gŵyl Ddewi, newydd fwyta eirin gwlanog o dun. Mae gen i'r modd i brynu ugain tun arall o eirin gwlanog pnawn 'ma petawn i isio. Tydw i ddim yn edrych ar fy ngardd yn gwywo yn y gwres nac yn edrych arni'n cael ei golchi i lawr y dyffryn yn un llifeiriant o fwd, gan wybod mai dyna fo, dyna'i diwedd hi. Gwybod nad oes yna ddim ar ôl i'w wneud ond cario hynny fedra i, yn eiddo ac yn blant, a dechrau cerdded. Cerdded mewn gobaith.

Ond mae darllen y ffeithiau hyn, eu gweld yn ystadegau moel ac yn lluniau lliw ar y we, yn gyrru ias i lawr fy nghefn. Rhybudd o'r hyn sydd i ddod ydyn nhw. Rhybudd o'r hyn all ddigwydd i fy ngardd i, yr ardd dwi'n prynu compost mewn bagiau plastig lliwgar ar ei chyfer ac yn chwarae bod yn hunangynhaliol, yn union fel yr oeddan ni'n chwarae tŷ bach yn blant. Mae 'na luniau eraill sy'n fy nychryn hefyd – y lluniau o'r dynion mewn siwtiau sy'n ymgynnull i drafod cyn ciniawa cyn hedfan adref. Oes, mae 'na fenywod yna, a menywod gwych, ond lleiafrif ydyn nhw, ac yn aml iawn ar y cyrion maen nhw. O'r 110 o arweinwyr gwledydd oedd yn COP 27 yn yr Aifft flwyddyn neu ddwy yn ôl, dim ond 8 oedd yn fenywod. Hyd yn oed ymhlith y mynychwyr, dim ond tua traean sy'n fenywod, ac yn fwy pryderus fyth, dim ond tua chwarter o'r siarad sy'n cael ei wneud gan fenywod (ystadegau COP 26). A deud y gwir tydi'r ffaith fach ola 'na'n ddim syndod i unrhyw un sydd wedi bod yn aelod o bwyllgor lle mae 'na fwy o ddynion na merched. Ond mi roedd yna, y tro diwethaf, Ddiwrnod Rhywedd, lle roedd cyfle i drafod pethau fel hyn. O leia mi roedd y cyswllt rhwng rhywedd person a'r modd y mae newid hinsawdd yn effeithio ar eu bywydau yn cael ei gydnabod. Ond roedd sawl un yn anhapus efo'r drafodaeth a'r penderfyniadau, ac mae'r egwyddor o *ddim byd amdanom ni hebom ni* yn un bwysig. Hwn – *nihil de nobis, sine nobis* yn Lladin – yw'r slogan sy'n cyfleu'r syniad na ddylai unrhyw bolisi gael ei basio gan gynrychiolwyr heb fod yna gyfraniad llawn ac uniongyrchol gan y bobl y mae'r polisi hwnnw'n effeithio arnyn nhw. Mae rhai yn credu bod modd olrhain hanes y cysyniad yn ôl i wleidyddiaeth Gwlad Pŵyl yn y 1500au. Bid a fo am hynny, mae'n hynod berthnasol i'r drafodaeth am sut y dylid ymateb i faterion amgylcheddol.

Efallai y bydd y ganran o fenywod sy'n rhan o drafodaethau fel hyn yn cynyddu wrth i ni, ferched cyfoethog y Gorllewin, deimlo'r effaith. Ond mae arna i wir ofn y bydd y llithro, y chwalfa, cwymp y dominos, yn digwydd mor sydyn fel na fydd llawer mwy o gynadleddau. Neu na fyddan nhw'n ddim mwy na chynadleddau sioe gan na fydd diben trafod sut i rwystro newid hinsawdd. Os nad ydyn nhw'n gynadleddau a thrafo-daethau sioe rŵan, dyna fyddan nhw'n fuan iawn. Nid sut i rwystro newid hinsawdd fydd angen ei drafod yn fuan, ond yn hytrach sut i ymgodymu ag anhrefn hinsawdd. Efallai y byddai'n well canolbwyntio ar hynny rŵan. Pan fydd y deiag-nosis yn un terfynol yr unig beth sydd i'w drafod yw lliniaru'r boen a sut i wneud y gorau o'r amser sy'n weddill.

Mae yna lyfrau a phapurau academaidd i'w darllen am hyn hefyd wrth gwrs. Llwyth o bethau i ymlafnio trwyddyn nhw, ar ôl styffaglu gyda'r pentwr blaenorol oedd wedi fy arwain at y pwynt hwn. Mae gwaith yr Athro Jem Bendell o Brifysgol Cumbria a'i gysyniad o Addasiad Dwfn, *Deep Adaptation*, yn ddiddorol. Deillia o bapur gyhoeddwyd ganddo yn 2018, 'Deep Adaptation: A Map for Navigating Climate Tragedy', lle mae'n dadlau bod rhaid derbyn ar lefel ddofn iawn fod chwalfa gym-deithasol yn mynd i ddigwydd o ganlyniad i newid hinsawdd. Os dim byd arall mae'r wefan a'r presenoldeb ar y cyfryngau cymdeithasol, a rhai digwyddiadau byw, yn rhoi gofod diogel i drafod.

Oherwydd waeth faint mae hyn yn fy mhoeni tydi hi ddim yn sgwrs bob dydd mewn tafarn. Doedd hi ddim yn sgwrs i'w chynnal a finnau a fy nhair merch a'u plant yn mynd â'r cŵn am dro ar bnawn dydd Sul braf. I be, de? Dwi'n deud 'Sbiwch – boda.' Dwi ddim yn deud 'Edrych arno fo'n iawn, er mwyn i ti gofio sut beth oedd o.' Mae'r rhai bach yn dangos jeli llyffant i mi a finna'n deud ei fod yn gynnar leni. Ond tydw i ddim yn trafod mwy na hynny. Eu gwarchod rhag y bwci bos fu fy rôl i o'r eiliad y ganwyd nhw, a newidith hynny ddim bellach.

A thu allan i'r teulu prin iawn yw'r rhai dwi'n trafod y peth efo nhw. Mae 'na rai pobl nad ydyn nhw'n poeni am ddim byd – waeth i mi heb â thrafod efo'r rheini. Ac mae 'na bobl eraill – y rhai sy'n poeni am bethau, y rhai sydd isio byd gwell, ac sy'n ceisio gwneud rhywbeth i wella pethau. I be duda i wrth y rheini mai fy nheimlad i yn aml iawn ydi nad ydi o gythral o ots am eu deiseb oherwydd yn reit fuan fydd yna neb yn siarad yr un iaith.

Ac eto efallai mai'r diffyg trafod sy'n peri'r mwyaf o broblem i mi. Efallai mai dyna pam dwi isio sgwennu amdano. Mae darllen mwy a gwrando mwy er mwyn trio cael trefn ar fy meddwl i sgwennu'r pwt yma wedi helpu rywfaint. Mi roeddwn i'n gyfarwydd â'r hyn ddywedodd Mary Robinson, cyn-Arlywydd Iwerddon: 'Problem a grëwyd gan ddyn yw newid hinsawdd – ac mae iddi ddatrysiad ffeminyddol!' Mae'n cael ei ddefnyddio fel is-bennawd i'r podlediad *Mothers of Invention* a gyd-gyflwynwyd ganddi. Ar ddyddiau da dwi'n credu ei bod hi'n iawn; ar ddyddiau eithaf du dwi'n rhyw hanner gobeithio y bydd cyfle ac amser i'r datrysiad ffeminyddol weithio; ond yn aml iawn mi rydw i'n edrych o amgylch fy nhŷ – gliniadur, cypyrddau llawn bwyd, teils newydd – ac yn gwrando ar fy wyres ac yn cael fy llethu gan y ffaith mai hi fydd un o'r rhai olaf i allu profi hyn i gyd.

Mae unigolion – unigolion dwi'n eu hadnabod a llawer iawn o rai nad ydw i'n eu hadnabod – yn mynd i ddioddef. Dioddef fydd yn amrywio o foddi mewn llifogydd annhymhorol i fod â ddannodd oherwydd bod y system gofal iechyd yn chwalu (pawb a'i fys, neu yn yr achos hwn, ei dafod). Ond o'r holl bethau dwi wedi'u rhestru dwi'n credu mai'r syniad o bobl yn mynd yn salach pethau sy'n codi'r mwyaf o arswyd arna i. Yn sylfaenol, y bydd yna lai o gariad a mwy o greulondeb, mwy o hunanoldeb. Yn y bôn, rhwystro hynny rhag digwydd, cyn belled ag y bo'n bosib, ydi'r hyn sydd bwysicaf. Mae damcaniaeth Addasiad Dwfn yn sôn am bedwar peth:

Datblygu gwytnwch: be sydd o werth i ni yr ydan ni am ei gadw, a sut?

Ildio: beth y mae angen i ni ei ildio a gwneud hebddo er mwyn rhwystro pethau rhag mynd yn waeth?

Adfer: beth allwn ei adfer i'n bywydau i'n cynorthwyo drwy'r adegau anodd hyn?

Cymodi: gyda be a phwy y byddwn ni'n cymodi wrth i ni sylweddoli ein bod ni i gyd gyda'n gilydd yn feidrol?

(*Resilience*, *Relinquishment*, *Restoration* a *Reconciliation* yn y Saesneg gwreiddiol.)

Ac mi rydw i'n credu bod yna dri pheth y mae angen canolbwyntio arnyn nhw er mwyn helpu gyda hyn: Celfyddyd, Cymuned, Crefydd (nid crefydd gyfundrefnol o anghenraid, ond roedd y cyfle i gael ychydig o gyfatebiaeth cytseiniol yn ormod o demtasiwn, fel efallai yr oedd y pedair *R* i Jem Bendell).

Dwi isio i ni hyd at y diwedd deimlo bod yna werth mewn creu – creu cân, creu stori, creu llun. Bod yna werth mewn dehongli'r hyn sy'n digwydd, gwerth mewn cofio'r hyn sydd wedi bod, a gwerth mewn dychmygu'r hyn sydd i ddod. Ac er mwyn i hynny ddigwydd mae'n rhaid sicrhau bod celfyddyd a chreu yn rhan bwysig o'n bywydau rŵan.

Ac er gwaetha'r ddelwedd ramantaidd, nid y meudwy, nid yr *un dyn a'i wn*, sy'n goresgyn trychinebau. Natur un dyn a'i wn sydd ynof i, neu yn hytrach *un ddynas a'i chi*. Hynny ydi, tydw i ddim yn unigolyn sy'n teimlo ei fod â llawer o angen cymdeithas. Tydi gofyn am gymorth ddim yn rhywbeth sy'n dod yn hawdd i mi. Dwi'n ei chael hi'n haws helpu, er nad ydw i efallai gystal ag y dylwn i fod am gynnig help. Ac fel gyda chelfyddyd mae angen i'r rhwydweithiau cymorth hyn, ar lefelau unigolion yn fwy na dim, fod wedi'u sefydlu ac wedi'u profi a'u cryfhau cyn bod eu gwir angen.

A'r busnas crefydd 'ma. Dwi bron â'i dynnu oddi ar fy rhestr. Mae hi mor hawdd camddefnyddio crefydd gyfundrefnol pan fydd pethau'n mynd yn anodd. Falla sa'n well i ni hebddi. Ac eto mi rydw i – fi'n bersonol – yn teimlo y byddai ychydig mwy o ddimensiwn ysbrydol i fy mywyd yn gwneud hyn i gyd yn haws.

Byddai'n hawdd dychmygu ar ôl darllen hyn fy mod i'n treulio fy nyddiau i gyd mewn rhyw bwll tywyll, yn fy nagrau, yn methu symud oherwydd anobaith. Ond nid dyna sy'n digwydd. Fel i'r rhan fwyaf ohonom, mae i fywyd o ddydd i ddydd ei fomentwm ei hun. Dwi yn nhŷ Mam bora 'ma, yn gorffen sgwennu hwn. Mae Mam yn 92 ac ers iddi gael strôc beth amser yn ôl mi rydw i a fy chwaer yn rhannu'r gofal. Bydd angen mynd i'w deffro a gwneud brecwast iddi hi yn y munud. Fi sy'n gyfrifol am roi gwair i'r merlod bora 'ma – mae 'na rota i hynny hefyd efo aelodau eraill o'r teulu. Dwy ferlen fach hollol gyffredin ydyn nhw ac un ohonyn nhw, Boni, yn ei thridegau, ac wedi bod efo'r teulu ers pan oedd fy mhlant i yn fach. Y pethau tlysa wela i heddiw ydi hen wraig yn pwyso ar ei phulpud ac yn diolch i mi am ei Weetabix, a hen ferlen yn gweryru wrth duthio, braidd yn stiff, tuag ataf ar draws y cae i gael ei gwair. A siawns – os medra i weld yr harddwch sydd yn nyddiau olaf y ddwy yna – y medra i ei weld o yn nyddiau olaf fy myd moethus – MacBook, eirin gwlanog, teils gwyrdd-las – i. Ac yn nyddiau olaf y cyfoeth o feioamrywiaeth sydd ar fin diflannu – yn ji-binc, yn bry copyn, yn ddanadl poethion. Dyna'r agosa y do i at ddimensiwn ysbrydol i fy helpu mwya tebyg. A dim ond gobeithio y bydd cofio fy ngweld i yn gweld y byd felly yn helpu fy wyres, 'pan fydd hi'n hogan fawr', i sylwi ar yr harddwch fydd yn dal yna â phethau'n mynd yn waeth byth arni hi. Neu ydw i'n hurt o ddiniwad?

'FY MYWYD I'

MEGAN ANGHARAD
HUNTER

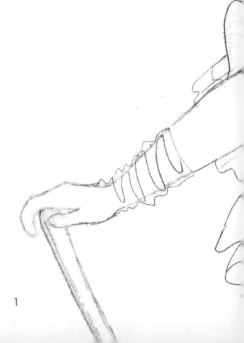

Mehefin, 2026

Dwi yma. Ti'n gallu fy nghlywed i,
dwi'n gwybod dy fod ti.

Mi welais i ti eto yn nerbyniad graddio yr Ysgol Iaith.

Roeddet ti yno i gefnogi Josh, mae'n siŵr. Mi roedd dy ffrog werdd yn gweddu i'w ŵn coch o yn flagur o berffaith wrth i'r ddau ohonoch chi chwerthin ar gyfer y camera. Pe baech chi'n ddau berson arall – unrhyw ddau berson arall – mi fysa'r olygfa wedi gwneud i mi isio cyfogi (hyd yn oed heb y chwerthiniad ffug), ond Awen, gwranda, hyd yn oed pan ti'n chwerthin yn ffug, mae'r holl fyd yn moesymgrymu ar dy gyfer di – fy holl fyd i, beth bynnag. Y dail yn darfod eu dawns ac edau yr awyr yn datod gan greu lliwiau ar bob gorwel na fedr yr artistiaid gorau eu dychmygu, hyd yn oed wrth freuddwydio ar uffar o *acid trip*.

Daliais ddiferion dy sgwrs efo pâr o ddwylo hesb; roeddet ti'n ceryddu Josh eto am ofyn i'w Almeda 5.6 'am BOB DIM! Ti litryli ddim angen neud hynna! Ti efo brên dy hun i ddysaidio pa dei i wisgo ar gyfer *graduation party* chdi neu sut ddylsa chdi neud wya chdi, blydi hel. Ti'm angen gofyn i beiriant!'

Ond fe foddwyd y rhan fwyaf o dy eiriau di gan y lleill:

Be ti'n neud rŵan, Mags?Ti 'di cal swydd eto?Ti *dal* yn byw adra?Ti dal yn byw adra?Fedra i ddychmygu nad ydi'r cyfnod yma'n hawdd i ti; roedd gen ti freuddwyd fawr sy'n amhosib i'w chyflawni rŵan ynde ond ga i ofyn: ti 'di darllen eu llyfra nhw o gwbl?Ti 'di cael cyfweliad am rywbeth o leia?Dal yn y ganolfan arddio, ia?Wel, dwi'n siŵr bo chdi'n dysgu lot am blanhigion yno be bynnag, ac mae sgiliau tyfu llysiau'n werth-fawr iawn y dyddiau hyn!Bydd, fydd rwbath yn codi i chdi, gei di weld.Dim pawb sy efo 2.1 mewn Sgwennu Creadigol nac—

Dwi yma, dwi'n dal yma.

'Esgusodwch fi, os gwelwch yn dda.'

Margiad? Mags!

'Sori.'

Yr unig beth medra i ei gofio amdani rŵan ydi disgleirdeb ei chlustdlysau hi, y fam neu anti od o optimistig 'na oedd yn mynnu y ca i swydd yn rhywle efo gradd sydd wedi dod i ben ar draws y wlad erbyn hyn, hyd y gwn i. Roedden nhw mor ddisglair, dwi'n cofio taeru fod 'na seren go iawn wedi'i chae-thiwo ym mhob un, ac mi ddoth na ysfa drosta i i redeg nôl i mewn i'r derbyniad, eu rhwygo o'i chlustiau a'u chwalu efo fy sawdl er mwyn eu rhyddhau nhw i ddawnsio tua'r nen.

Dwi yma.

Mi fydda i.

* * *

Treuliais i'r bore wedyn ar Instagram, yn sgrolio drwy dy gyfrif di. Astudiais y llun o Josh a chditha'n chwerthin, y prosecco yn eich dwylo yn gweddu mor berffaith i chi roedd fel petai'r gwydrau'n rhan o anatomi'ch breichiau. Ystyriais yrru neges bersonol atat er mwyn ffarwelio yn lle postio sylwad sych ar waelod y llun, ond roedd y geiriau addas ar wasgar yn fy meddwl i a doedd gen i mo'r egni i drio'u casglu.

Felly. Dyma ni, Awen. *Dyma ni.*

Y prynhawn hwnnw y digwyddodd y peth. Popeth. Popeth sydd wedi arwain ataf i'n teipio'r geiriau yma, yn fan hyn. Atat ti.

Ar y ffordd i'r caffi i gael *brunch*, ymosododd swyddog marchnata arna i a'm rhieni – un o'r rheini sy'n ysu'n daer am gael dal dy lygaid am y caniatâd tawel hwnnw i redeg atat ti fel ci bach a gwthio pentwr o daflenni sgleiniog i mewn i dy law di. Ti'n gwybod be dwi'n feddwl, yn dwyt?

Pam, Awen ... pam rydw i'n mynnu meddwl am y byd yn y ffordd yma? Fel petai 'na ryfeddoda'n cuddio yn y corneli lleiaf a mwyaf llychlyd? Dim ond efo ti y medra i siarad am y pethau hyn. Dwi heb ddweud hynny wrthot ti eto, ond dwi'n gobeithio, yn fuan iawn, y byddaf i.

Be bynnag, nes i drio'i osgoi o gymaint â phosib, cadw fy nhrem yn sownd ar feini anwastad y palmant, ond fe orfododd ei daflenni i'm llaw er gwaethaf fy ymdrechion. Diolchais iddo'n reit swta – dyma Mam yn fy ngheryddu am hynny nes ymlaen fel petawn i'n bedair oed eto ac heb ddweud 'diolch' wrth hen fodryb am wasgu punt yng nghledr fy llaw – a stwffio'r daflen yn un belen i mewn i boced fy nghôt. Anghofiais amdani tan i mi dynnu 'nghôt y p'nawn hwnnw a'i thaflu dros gadair wrth ymyl y bwrdd – ceryddodd Mam fi am hynny hefyd, wrth gwrs, wrth iddi ei gosod i hongian ar fachyn y tu ôl i'r drws – ac wrth iddi wneud hynny, disgynnodd y belen fach o'r boced yn araf fel petai ffawd yn drwchus yn yr aer, a rowlio tuag at fy nhraed.

Rwyt ti mor agos rŵan, mor, mor agos.

Be bynnag, yn lle lluchio'r peth i mewn i'r bin ailgylchu, penderfynais sythu'r papur ar y bwrdd er mwyn ei ddarllen; unrhyw beth i dynnu fy meddwl oddi ar y syniad o ddychwelyd at diliau'r ganolfan arddio. Felly, dyma a welais i:

WYT TI'N UN O RADDEDIGION
YSGRIFENNU CREADIGOL 2026?

WYT TI'N YSU AM GAEL DEFNYDDIO DY SGILIAU
ARBENIGOL OND YN ANOBEITHIO AM NAD OES
PWRPAS IDDYNT BELLACH?

NA PHOENER: FFONIA 767 767 788 33
HEDDIW AM GYFWELIAD SWYDD
PRAWFDDARLLEN NOFELAU ALMEDA 5.7.

ORIAU AGOR: 9yb–5yh, LLUN–GWENER

Codais fy ffôn: 4:51yh. Deialais y rhif wrth gerdded i fy ystafell, a chyn i mi gau'r drws ar fy ôl, roedd wedi stopio canu.

Helo, diolch am ffonio Almeda 5.7—

(llais awtomatig, wrth gwrs)

—fy enw i ydi Almeda 5.7. Hoffwn eich atgoffa fod ein holl alwadau'n cael eu recordio. Os hoffech chi ddysgu mwy am ein gwaith prawfddarllen, pwyswch 1. Os hoffech chi drefnu cyfweliad swydd, pwyswch 2. Os hoffech chi wneud cwyn am ein gwasanaethau, pwyswch 3—

Pwysais rif 2.

Diolch am eich diddordeb yn ein swydd prawfddarllen. Beth yw eich enw, os gwelwch yn dda?

'Ym, Margiad. Margiad Ellis.'

Diolch, Marged. Mae'n—

'Shit ... na, Margiad! Margiad!'

Diolch, Margiad. Mae'n ddrwg gennym am y camgymeriad. Croeso. A oes gennych chi ddiddordeb yn y swydd prawfddarllen nofelau Almeda 5.7?

'Oes.'

Diolch. A hoffech gael eich cyfweld dros y ffôn?

'Ia, iawn.'

Diolch. A ydych chi'n fodlon i'ch cyfweliad gael ei gynnal gennyf i, Almeda 5.7?

'Ym, yndw. Dwi'n meddwl.'

Diolch am gadarnhau. Arhoswch ar y lein os gwelwch yn dda wrth i mi chwilio yn y dyddiadur am slot cyfweliad rhydd ar eich cyfer.

'Iawn, diolch.'

Mi roedd y gerddoriaeth a ddechreuodd chwarae wrth i mi ddisgwyl wedyn yn well nag unrhyw gerddoriaeth *hold* i mi ei glywed o'r blaen; cordiau o linynnau trwchus, trwm a oedd hefyd rywsut yn llwyddo i hedfan. Roedd yn fy atgoffa i o gerddoriaeth ffilm *thriller steampunk* â chyllid eithriadol o uchel.

Ar ôl llai na dau funud o eistedd yn ddedwydd yn gwrando, daeth Almeda nôl ata i.

Helo, Margiad.

'Ia, helo.'

Newyddion gwych – mae gennym slot cyfweliad mewn ... 92 munud. Ydi hynny'n gyfleus i chi?

'Ym.'

A hoffech chi gael eich cyfweld mewn ... 91 munud, Margiad?

'Ia, iawn,' meddwn i; yn ddelfrydol, byddwn i wedi hoffi cael mwy o amser i baratoi, ond be oedd gennyf i'w golli, mewn gwirionedd?! ''Na i gymryd y slot.'

Gwych, diolch i chi, Margiad. Mi fydda i'n eich ffonio chi nôl bum munud cyn eich cyfweliad er mwyn eich briffio.

A gyda chlic a chracl, roeddwn i ar fy mhen fy hun efo tôn farw'r ffôn.

* * *

Ti'n fy nabod i'n dda, yn well nag unrhyw un, felly mi alli di ddychmygu'r cyffro roeddwn i'n ei deimlo wrth i'r munudau lifo heibio i mi fesul un, mor araf â mêl a finnau'n eu llowcio bob un yn awchus.

Ac yna: y cyfweliad.

Fel arfer, dwi'n casáu gwneud pethau fel hyn gan fod fy ymatebion yn tueddu i adael fy ngheg fel hen aderyn herciog, ond y tro hwn, efo Almeda, roedd fy meddyliau'n ffrydio o un i'r llall fel awel yn swyno'r dail. Mi wnes i synnu fi fy hun efo sawl un o'r atebion anarferol o gadarn, a'r syndod hwnnw'n gwneud i fy llais ysgwyd ar brydiau – gobeithiwn nad oedd gan Almeda'r ddealltwriaeth emosiynol i sylweddoli hynny.

Ac yna, lai nag awr ar ôl cwblhau'r cyfweliad, Awen, mi ges i alwad arall gan Almeda i gynnig y swydd i mi! Mi wnaeth Mam brynu potel o win ychydig o bunnoedd yn ddrytach na'r pinot arferol, ac mi roedd gwyneb Dad yn gwrido efo balchder drwy'r nos (ond debyg mai effaith y gwin oedd hynny, i fod yn onest).

Ti'n gwybod *hyn* i gyd yn barod, wrth gwrs: roedd dy neges yn ymateb i'r post ar LinkedIn y noson honno yn teimlo fel gweld y wawr am y tro cyntaf. Ond dwyt ti *ddim* yn gwybod hyn: mi wnes i ystyried gyrru neges atat cyn rhannu'r post hwnnw; mi ro'n i isio i chdi gael gwybod cyn pawb arall. Mi ro'n isio i'r ddwy ohonom ni rannu'r berl fach hon o newyddion ac edmygu'i gloywder, jyst ni'n dwy, cyn iddi foddi o dan donnau o

> Llongyfs!!!!

> LLONGYFARCHIADA MASIF MAGS!!

a'r holl emojis clapio a dathlu.

A wedyn, dy neges di. DM.

Haia! mor prowd ohona chdi, job nan edrych yn
amazing sdi! on in gwbod sa chdin cal job amazing x

on in gwbod sa chdin ... amazing x

chdin ... amazing x

Roeddwn i'n eistedd ar y soffa efo Mam pan dderbyniais
dy neges – roedd Dad wedi mynd nôl i'r gegin i ail-lenwi'n
gwydrau – a dwi'n cofio fy nwylo'n crynu a fy ngwên i'n crynu
a 'nghalon i'n crynu a'r sgrin o fy mlaen yn crynu wrth i mi
droi'r ffôn oddi wrth Mam i deipio fy ateb. Sugnais fy ngwefus
i drio rhwystro fy ngwyneb rhag goleuo'r stafell a'r stryd gyfan
a phlygais un goes dros y llall er mwyn trio edrych yn normal a
hamddenol o flaen Mam.

Buon ni'n negeseuo nôl a mlaen dipyn y noson honno, ti'n
cofio? Finnau'n gosod y ffôn i lawr bob hyn a hyn er mwyn i
Mam a Dad beidio ag amau unrhyw beth, ond roedd gwrando
ar fanylion eu sgwrs – a oedd yn baglu'n raddol tuag at bydew
o falu cachu o ganlyniad i'r gwin beth bynnag – yn amhosib.
Achos, o'r fan honno, o ben arall y ffôn, roeddet ti'n fwy na
gwawr, Awen. Roedd pob neges, pob dirgryniad o'r ffôn, fel
wynebu haf diddiwedd ar y diwrnod olaf o ysgol. A dwi'n
cofio meddwl: tybed faint o bobl sy'n siarad efo'u *crushes*
nhw fel hyn, ar LinkedIn, o bopeth?

Ta waeth, wrth i'r dyddiau doddi'n wythnosau, fe
ddechreuodd ein haul hafaidd losgi o bryd i'w gilydd ar yr
adegau pan oeddwn i'n ddiofal, yn gadael y ffôn efo'r sgrin
i fyny ar y bwrdd bwyd a golau dy neges yn adlewyrchu yn
sbectol Mam, neu pan fyddai Mam yn fy holi i'n rheolaidd bob
ryw bythefnos a oeddwn i wedi 'gweld gymaint ma Twm Cefn
Llan di aeddfedu rŵan!'

Ti'n gwybod nad ydi fy rhieni i fel dy fam di; ti'n gwybod hynny. Dwi'n gwybod dy fod ti. Felly dwi'n gobeithio y byddi di'n deall – ac yn maddau i mi – am beidio rhannu dim amdanat ti efo Mam a Dad tan nos Galan. Fyddi di byth yn deall sut brofiad ydi o i fyw efo'r llwch yma o gasineb sydd wedi disgyn dros bopeth; mae ym mhob cwr a chornel o bob drôr o fy stafell wely hyd yn oed, ac yn llygru pob poced gudd yn fy nghalon. Ti'n gwybod mai fel yna y mae pethau, ac mai fel yna y byddan nhw. Mi rwyt ti a'r ddynes 'na dros Zoom wedi gwagio ambell un o'r pocedi, do, ond fydd rhai'n mynnu aros am byth. Dwi'n gwybod dy fod yn gwybod hynny hefyd, a fedra i ddim mynegi maint fy ngwerthfawrogiad am hynny.

Beth bynnag, ychydig wythnosau i mewn i'n sgyrsiau serog, nes di ddweud wrtha i am Josh, neu am ei absenoldeb o. Nes di ddweud ei fod wedi dy adael di am i'w Almeda 5.6 ddweud wrtho mai dyna oedd y peth gorau i'w wneud.

A dwi'n gwybod, Awen, dwi'n gwybod mor ofnadwy ydw i am wneud hyn, ond mi fues i bron â sgrechian mewn llawenydd ar ôl darllen dy neges yn y car. A'r neges nesaf. A'r nesaf.

> mae o'n symud allan o fflat fi a neshi weld ar insta bo chdin chwilio am rwla i fyw yn gaerdydd so … geidi symud i fama os tisho? bach a slightly grimy ond just £130 pw, bills ddim included ond pwy syn iwsho heating dyddia yma eniwe

* * *

Y peth cyntaf i mi sylwi arno ar ôl camu i mewn drwy'n drws newydd ni oedd y tor calon ym mriwsion gwlyb y llestri budr wrth y sinc a'r bleinds wedi cau fel dyrnau a'r rhewgell yn gorlifo o weddillion pitsas a'r planhigion marw ar y sil ffenest. Wyt ti'n cofio beth wnes i ar ôl cyrraedd? Wyt ti'n fy nghofio i'n coginio *stir-fry* i ni a chario'r bowlen i dy stafell lychlyd, ei gosod ar ben y staeniau mygiau te ar y bwrdd wrth dy wely? Wyt ti'n fy nghofio i'n dychwelyd i gesys a bocsys a bagiau bin fy stafell wely innau a rywsut yn ffeindio'r tegan Mali Mwnci ynghanol llanast materolaidd fy mywyd? Wyt ti'n fy nghofio i'n agor drws dy ystafell yn llydan a chdithau'n chwerthin o dan y dillad gwely ar Mali ar fy mhen cyn i mi ei gosod ar dy ben dithau? Wyt ti'n cofio dweud wrtha i fy mod i'n '*weird*, ond nid mewn ffor *weird* – mewn ffor *cool*. Ti'n gwbod be dwi'n feddwl'? Wyt ti'n cofio dweud wrtha i – dy ddagrau'n halltu'r *stir-fry* ymhellach a finnau'n poeni am hynny go iawn gan fy mod i wedi tywallt gormod o *soy sauce* i mewn i'r *wok* – fod Josh wedi holi'r Almeda 5.6 a oeddet ti'n anffyddlon iddo fo a'r Almeda wedi dweud dy fod di, er dy fod wedi mynnu i'r gwrthwyneb? Wyt ti'n cofio'r sgwrs ganlynol:

Chdi: Am chydig o'n i fatha, ia, ifyn ddo ma'r enw'n swnio'n fwy ffem, ma Almeda yn *gender neutral* fatha ma pawb yn ddeud, ond ŵan dwi'n meddwl fod o'n ddyn go iawn. Mond dyn sa'n ffwcio fi drosodd efo Josh fel 'na.

Fi: Bendant yn ddyn.

Chdi: Ti'n cofio Siri ddo? Dynas odd hi yn y dechra, ia? Ac Alexa. Swnio tha enwa genod eniwe.

Fi: Dynion efo *AI fetish* 'di neud nhw ma siŵr, do?

Chdi: Iyp. A trio tricio pobol feddwl fod nhw'n saff efo llais dynas. Sut ti'n teimlo am fynd i weithio efo nhw ddo?

Fi: Nhw?

Chdi: AI. Almeda.

Fi: Jyst fatha, hapus. *I guess*.

Chdi: *Hapus*? Ti 'di neud gradd mewn sgwennu creadigol a ti methu meddwl am ansoddair baaach gwell na *hapus*?

Fi: Ia, jyst ... jyst hapus. Dwi jyst yn hapus i gal gwaith sy'n perthyn i sgwennu mewn rhyw ffor, t'go? Ac eniwe, ma bob dim dwi'n deimlo'n eitha syml sdi, ers erioed. Dwi rioed 'di gal trafferth deall teimlada fi.

Chdi: Lwcus.

Fi: Ia?

Chdi: *God*, ia. Ma teimlada fi gyd yn *mess*, espeshyli ers Josh. Crio heb ddim rheswm a petha fela, ifyn pan dwi *ddim* ar *period* fi.

Fi: ...

Chdi: ...

Fi: So sut ti'n teimlo ŵan?

Chdi: Ŵan?

Fi: Ia, os ti'n gallu deud ... yn y *mess*.

Chdi: ...

Fi: ...

Chdi: Hapus.

Fi: Ha ha.

Chdi: Na, dwi *yn*! Dwi'n hapus fo chdi 'di symud mewn, ofiysli—

(Gwenais i mewn i 'mhaned, yn trio atal fy mysedd rhag dawnsio'u cyffro ar y ddolen borslen.)

—ond run pryd, dwi'n hollol *terrified*. Achos oddan ni 'di bod efo'n gilydd ers ysgol *so* dwi'm yn gwbo sut i fatha ... imaginio dyfodol fi hebdda fo? A dwi'n rili fatha, *methu* hynna? Ifyn ddo dio heb 'di digwydd? Ond methu fod o *ddim* yn mynd i ddigwydd, os 'di hynna'n neud sens?

Fi: Mm.

Chdi: Sori.

Fi: Paid â deud sori.

Chdi: Nesh i ddeud fod dwi'n crio bob dau funud, do? Ha.

Fi: Paid â deud sori.

Chdi: ...

Fi: ...

Chdi: *Weird*.

Fi: Be?

Chdi: Ma hiraethu am betha sy byth yn mynd i ddigwydd yn teimlo'n debyg i hiraethu am y petha sy *wedi* digwydd. Yn y gorffennol. Fatha *memories* dychmygol o'r dyfodol ti byth yn mynd i gal, neu gal nôl. Hm. Rioed 'di sylwi hynna o blaen.

Fi: Ia. Mm. Na fi.

Dwi'n siŵr dy fod yn cofio, yn cofio popeth; mi rydan ni'n rhannu drych atgofion rŵan.

* * *

Mi wnes di addo parti i mi ar y nos Wener ar ddiwedd fy wythnos gyntaf fel prawfddarllenydd, a dwi'n cofio ysu am allu *teleportio* i'r nos Wener honno heb orfod wynebu'r nerfau o gerdded i mewn i fy swyddfa newydd yn gyntaf.

Ia: yn anarferol iawn, roedd *rhaid* i mi weithio yn eu swyddfa nhw, yn doedd (dwi'n meddwl mai'r rheswm a roddwyd i mi yn ystod y cyflwyniadau oedd er mwyn sicrhau nad oes unrhyw un yn rhyddhau'r nofelau cyn eu cyhoeddi); llawr cyfan uwchben Tesco Express efo lloriau gwynlwyd tragwyddol ludiog, bleinds blinedig yn ein hamddifadu ni rhag yr heulwen a chyfrifiaduron a oedd yn edrych yn hŷn na'r rhai oedd yn fy ysgol i rai blynyddoedd yn ôl. Roedd hyd yn oed fy nhri cyd-weithiwr yn llwyd a llipa; roedd trio cynnal sgwrs yn weithgarwch ofer. Dwi ddim yn siŵr beth yn union roeddwn i wedi'i ddisgwyl, ond nid dyma oedd o, yn sicr. Dwi'n cofio teimlo fy mod i isio crio gan siom wrth i'r goruchwyliwr fy arwain at fy nghadair (un blastig, stond wrth gwrs; dim un olwyn ar ei chyfyl).

Ond, yn ffodus, roedd mwy o liwiau yn y darllen: glas tywyll siwt wlanog stori dditectif wedi'i gosod ym Moston y 30au; coch balwnaidd llyfr plant am deulu o eliffantod yn treulio dydd Sul ar y traeth; a chofiant cyn-gerddor lled-enwog sy'n mynnu atgoffa'r byd ei fod yn bodoli o hyd (arian, ei sglein wedi pylu gan staeniau olion bysedd). Ai bwriadol oedd llwydni'r lle, felly? Cododd y lliwiau o'r straeon fel chwerthiniad o'm crombil, nes i mi deimlo fel petawn i'n gwisgo sbectol enfys (beth bynnag yn y byd ydi honno – dwi'n siŵr y medri di ddychmygu!). Felly, sylweddolais na fyddai bywiogi'r swyddfa ei hun ond wedi tynnu'n sylw oddi wrth ein gwaith.

* * *

Ond do, mi gyrhaeddodd nos Wener fel llong – fel llong *ofod* – ar y gorwel.

Dwi'n cofio sgrechian 'amser partiii' wrth dynnu'r goriad o'r drws ac fe wnes di ymddangos o'r tu ôl i'r soffa gan wthio'r corcyn o wddw potel o brosecco, y corcyn yn disgyn yn swta ar glustog a chdithau'n dweud 'wel o'dd hynna'n *anti-climactic*' ac yna dechreuais i chwerthin ac fe ddechreuaist tithau chwerthin a dwi ddim yn meddwl y bu i ni stopio chwerthin nes i ti orfod mynd i'r toiled ar ôl i ni orffen y botel ac erbyn hynny roedden ni wedi dechrau pwyso i mewn i'n gilydd wrth chwerthin a dwi'n cofio teimlo rhywbeth yn tanio a goleuo a throi a llamu y tu mewn i mi bob tro roeddet ti'n gwneud hynny, bob tro roedd dy wallt yn dal yn fy ngheg mewn camgymeriad neu dy ben yn gorffwys mor berffaith o gyfforddus ar fy ysgwydd neu dy fysedd yn brwsio cefn fy llaw (doedd dim syniad gen i ei bod yn bosib i fysedd rhywun arall deimlo mor esmwyth) ac mi roeddwn i isio dy gusanu di gymaint roedd fy nwylo'n crynu a gan ein bod ni wedi yfed ar stumog wag nes di daflu pitsa rhewgell i mewn i'r popty ac roeddet ti wedi holi Almeda 4.0 i giwio *covers cello* o ganeuon Dafydd Iwan ac fe driais i ddad-wneud y drosedd bartïol honno ond doedd Almeda 4.0 yn deall yr un gair rhwng y poeri chwerthin ac yna roedd y pitsa'n barod ond roedd wedi gor-gorgoginio a dwi'n cofio'r ffordd roedd dy lygaid a dy drwyn yn crychu wrth i ti grensian y crwst caled ac mae'r oriau nesaf yn dianc ohonof i fel gollwng rhywbeth ynghanol y môr, ond dwi'n gwybod nad wyt ti'n cofio dim. Dwyt ti ddim yn cofio taflu darn o grwst ata i ar ôl i mi ddweud rhywbeth dirmygus am dy *blaylist*, a finnau'n ei daflu nôl atat ti, a chdithau'n ei stwffio yn fy ngheg, a dy fysedd yn aros ar fy ngên cyn i dy fawd dresio ymyl fy ngên nes cyrraedd fy nghlust, dy lygaid yn dilyn. Dwyt ti ddim yn fy nghofio i'n gafael yn dy arddwrn ac yn pwyso i mewn atat ti wedyn, nac wyt?

Ond ti'n cofio'r bore.

(Sori, sori, dwi'n sori. Ti'n iawn rŵan — mae popeth yn iawn rŵan, dwi'n gwybod, ond dwi'n sori, beth bynnag. Mi fydda i am byth.)

Roeddwn i'n meddwl dy fod yn crynu dan oerfel i ddechrau; roedd dy gefn a dy freichiau'n groen gŵydd i gyd. Ond wedyn mi glywais y sniffian, a chodais i osod llaw ar dy gefn. Mi wnes di ebychu fel petaet ti wedi llosgi cefn dy law ar ddrws y popty.

'Sori, llaw fi'n oer!' meddwn i gan drio chwerthin, ond roedd hud neithiwr wedi diflannu o'r weithred ac roedd yn teimlo fel chwerthin mewn ogof wleb.

Yn lle ymateb, mi wnes di fy holi hoffwn i gael diod o ddŵr cyn tynnu hwdi dros dy ben a brysio o fy stafell cyn rhoi cyfle i mi ymateb. Dwi'n cofio'r arswyd a deimlais (a dwi ddim yn adrodd y rhan hon o'r stori er mwyn gwneud i ti deimlo'n euog, dwi'n addo; dwi'n ei hadrodd er mwyn i ti *ddeall*) a'r cwestiynau'n crafu:

A fydd rhaid i mi symud allan?

A wnes i fforsio fy hun arnat ti?

A wnes i gamddeall dy wên?

A pam, *pam* na fedra i gael yr un peth heulog hwn yn fy mywyd?

Er nad ydi dy fam di'n poeni dim am rywedd yr unigolyn rwyt ti'n eu caru, doeddet ti ddim yn gwybod hynny ar y pryd. Mi roedd y dryswch yn ddrain am dy feddyliau – dwi'n gwybod hynny rŵan, a dwi'n sori na wnes i ddweud rhywbeth wrthot ti'n gynt; mae'r dryswch hwnnw mor gyfarwydd i mi â thynnu sanau ymlaen yn y bore cyn mynd i'r gwaith.

Treuliasom y penwythnos efo gagendor rhwng y ddwy ohonom, fy ngeiriau i gyd yn disgyn i mewn i'r düwch cyn dy gyrraedd. Dwi'n cofio sefyll efo fy nghlust ar dy ddrws – yn disgwyl, yn gwrando, yn gobeithio, pwy a ŵyr – a chlywed lleisiau sidanaidd Americanaidd dy hoff raglen dditectif yn adrodd sgript a oedd mor wael na allai hi ond fod wedi cael ei sgwennu gan bobol.

Doeddwn i erioed wedi meddwl ei bod yn bosib i rywun deimlo mor bell i ffwrdd oddi wrtha i â dim ond drws pren yn ein gwahanu.

* * *

A dyma ni, Awen – y dydd Llun *hwnnw*. Ti'n deall pam rŵan, yn dwyt? Ti'n deall pam nad oeddwn i'n gallu dweud wrthot ti.

Ar ôl cwblhau prawfddarllen stori ffantasi od am wlad sy'n rhan o'r Ddaear ond sy'n teyrnasu yn y cymylau, agorais ffeil y nofel nesaf:

TEITL: *Fy Mywyd i*
GENRES: Dod i oed, rhamant, gwyddonias, arswyd
AWDUR: Almeda 5.7
DYDDIAD: 27 Tachwedd 2026
NODYN I'R GORUCHWYLIWR: Dim

Dyma ti, o'r diwedd.

Caeais fy llygaid yn dynn er mwyn clirio fy meddwl a dechreuais ddarllen.

Rhewais.

Mi wnes i ailddarllen y frawddeg gyntaf honno ryw ugain gwaith, dwi'n siŵr. Ganwaith, hyd yn oed, o bosib.

Dwi'n siŵr dy fod yn ysu am gael gwybod beth oedd cynnwys y frawddeg honno, yn dwyt? Felly dyma i ti hi fel y gwelais i hi'r bore hwnnw, air am air:

Dydi Margiad Ellis ddim yn cofio'r eiliad y gwelodd hi Mali, ei thegan mwnci, am y tro cyntaf, ond mae ei rhieni'n hoff o adrodd y stori amdani hi'n ceisio brathu botwm ei thrwyn i ffwrdd, ei llygaid yn ddireidi disglair a'i chwarddiad fel chwythu swigod.

Plygais fy mhen am ychydig funudau, fy llygaid ar gau, a chanolbwyntio ar anadlu. Roeddwn i'n gallu gweld y llythrennau du *Arial* yn arnofio ar gefnau cloriau fy llygaid, fel petai fy nghorff i'n rhan o'r cyfrifiadur.

Wedi cael fy ngwynt ataf, codais mor sydyn nes taflu'r gadair ar ei hochr ond roeddwn i bron â chyrraedd drws swyddfa'r goruchwyliwr yn barod erbyn iddi glecian i'r llawr.

'Be ffwc 'di'r stori 'na?' Safais yno o flaen ei desg yn anadlu'n drwm am rai munudau, yn disgwyl iddi orffen teipio.

'Haia Margiad,' meddai hi o'r diwedd, heb godi ei llygaid o'r sgrin. Ti'n gwbod be? Fedra i ddim cofio'i henw hi! Dwi'n cofio ei bod hi'n edrych fel fersiwn ysbrydaidd, di-wên o'r cymeriad Phoebe 'na o *Friends*, a dyna'r oll.

'Ym, ia. Helo. Ym. Be ffwc?' Chwarddais. 'Dwi newydd agor llyfr nesa fi a mae o—' chwarddais eto, y traw yn uwch y tro hwn, nid yn annhebyg i wrach '—dwi'n meddwl – dwi'n *gwbod*, *actually* – fod o amdana fi. Bywyd fi. Be *ffwc*?'

Trodd Phoebe i 'ngwynebu o'r diwedd. 'O,' meddai hi. 'Difyr.'

Dwi'n cofio gwneud rhyw fath o sŵn eliffantaidd mewn ymateb i hynny. 'Difyr?! Ma'n *fucked up*! A sut – sut ma nhw'n gwbod bob dim amdana fi eniwe?'

Pesychodd Phoebe. 'Margiad,' meddai hi.

'Ia?' meddwn i. Doeddwn i ddim hyd yn oed yn *trio* cuddio'r diffyg amynedd yn fy llais.

'Margiad. Gwranda. Dydi Almeda 5.7 ddim yn gwybod *popeth* amdanat ti, siŵr, ond mae pawb yn gwybod erbyn hyn eu bod nhw'n ein gwylio ni er mwyn ein diogelu ni a sicrhau fod cynnwys yr hyn yr ydym ni'n ei dreulio ar y we wedi'i deilwra'n arbennig ar gyfer pob un ohonom.' Seibiodd er mwyn cribo ei bysedd drwy'i gwallt llipa. 'Ac i ateb dy gwestiwn cynta: ma Almeda'n trio sgwennu'r llyfrau sy'n mynd i werthu orau. Felly mae'n amlwg y byddai llyfr am dy fywyd di'n gwerthu. Mae'n *gompliment* i ti, Margiad! Mae dy fywyd di'n werth sgwennu llyfr amdano – pa mor wych ydi hynny?'

A. *Dyna* pam roedd hi'n fy atgoffa i o Phoebe o *Friends* – roedd hi oddi ar ei hechel yn llwyr.

Syllais arni.

'Margiad,' meddai hi eto, gan osod ei dwy law yn glep ar y ddesg, ei bysedd ar wasgar. Dwi'n cofio sylwi fod y llabed o groen rhwng pob bys mor denau ei fod fwy neu lai'n dryloyw. 'Ti'n brawfddarllenydd bach da. Ond os ydi'r dasg hon yn dy wneud yn rhy anghyfforddus, dwi'n deall os wyt ti isio'n gadael ni.'

Er mor afiach o swreal oedd y syniad o brawfddarllen llyfr amdanaf i fy hun, roedd dychmygu un o'r bobl eraill yn y swyddfa'n darllen *Fy Mywyd i* yn gwneud i mi fod isio chwydu i mewn i'r bin y tu ôl i ddesg Phoebe. 'Na na na,' meddwn i. 'Ma'n iawn. 'Na i … ym. 'Na i ddarllen o. Diolch.'

Dwi'n meddwl bod Phoebe wedi ceisio gwenu arna i (er ei bod yn edrych yn debycach i *chihuahua*'n sgyrnygu) cyn troi yn ôl at deipio. Cerddais allan o'i swyddfa a chodi fy nghadair cyn disgyn yn swp i mewn iddi, ac ar ôl gwylio bwlb yn araf farw uwch fy mhen am gyfnod, dechreuais ddarllen.

* * *

Ti'n cofio beth wnes i ar ôl cyrraedd adref o'r gwaith y dydd Llun hwnnw? Sori – sut allet ti anghofio? Ond mi wna i ail-greu'r eiliad i ti, gan mod i'n mwynhau nofio yn yr atgof hwn gymaint.

Roedd drws dy ystafell yn wahoddiad o agored felly mi gerddais i mewn a gosod Mali ar y ddesg o dy flaen.

'Ti methu sortio bob dim efo tegan mwnci chdi, sdi,' dywedaist.

'Na'dw? Ond ma 'di neud i chdi siarad efo fi eto yn barod!'

Doeddet ti'n methu cuddio dy wên. 'Sori am nos Wener ... Sori os nesh i—' ochneidiaist a dechreuaist chwarae efo un o dudalennau dy ddyddiadur. 'Eniwe, nes di'm neud dim byd yn rong, oce? Dwi heb 'di gallu neud dim gwaith heddiw, jyst ateb un *email* achos dwi jyst yn teimlo mor *shit*. Achos nes di'm neud dim byd yn rong, Mags!'

Wedyn, *wedyn*, fe wnes di droi i 'ngwynebu i. Wedyn mi wnes di sefyll. Ac wedyn mi wnes di fy nghusanu i eto ac fe aeth holl ddigwyddiadau'r swyddfa ar goll yn nhymestl enfysaidd dy goflaid.

'Dwi jyst isho chdi wbod ddo,' sibrydaist i mewn i'm ceg, 'fod dwi isho neud petha'n rili slo. Ella mynd ar *date* neu rwbath cyn neud rwbath arall? Esbeshyli achos dan ni'n byw efo'n gilydd.'

Nodiais. 'Mm, ia. Cytuno. *So* ... *date* heno?'

Chwarddaist wrth fy ngwthio i ffwrdd yn ysgafn, cyn fy nhynnu'n ôl.

* * *

Mae gan bob cwpl ryw ddefod neu arferiad od nad oes yr un person arall yn deall ei apêl, yn does? A ti'n gwbod be ydi'n un ni? Tecstio dros LinkedIn.

Dim Instagram, dim WhatsApp, dim Facebook, dim tecstio arferol. Dim ond LinkedIn.

Dyma oedd y sgwrs a oedd yn fy nghadw rhag fy ngwaith y bore canlynol:

Chdi: omg omg dwi ddim yn sdret. dwi mor hapus mags!! yes! dwi ddim JYST yn goro mynd ar ddets efo *dickheads* ar tinder!!

Fi: haha ok yndi man amazing ond ma genod ar tinder yn gallu bod yn *dickheads* fyd sdi

Chdi: cmon mags. tim yn bod yn ffeminist da iawn.

Chdi: man wyddonol AMHOSIB i hogan fod yn *dickhead*

Fi: ia, ok. fine. ti'n iawn

Chdi: yessss

Chdi: mags

Fi: iaaa

Chdi: dwin bored

Fi: hahha omg faint oed ti

Chdi: actually, sori dwi di anghofio deutha chdi tan rŵan ond dwi'n blentyn 7 oed mewn corff dynas yn ei 20s

Fi: awen. be. ma hynna mor blydi rhyfadd

Chdi: hehehe

A dyma ddiwedd drych ein hatgofion.

Hynny yw, Awen, dydw i heb ddweud y canlynol wrthot ti, tan rŵan, yn fan hyn.

Roeddwn i wedi bod yn darllen *Fy Mywyd i* yn araf – ychydig bach bob dydd – gan ei fod yn brofiad mor wyrdroëdig. Felly, dyma fi'n parhau i ddarllen:

Roedd hysbysiadau LinkedIn yn tynnu sylw Margiad rhag ei gwaith. Felly, treuliodd bum munud yn sgwrsio efo Awen.

Awen: omg omg dwi ddim yn sdret. dwi mor hapus mags!! yes! dwi ddim JYST yn goro mynd ar ddets efo dickheads ar tinder!!

Margiad: haha ok yndi man amazing ond ma genod ar tinder yn gallu bod yn dickheads fyd sdi

Awen: cmon mags. tim yn bod yn ffeminist da iawn.

Awen: man wyddonol AMHOSIB i hogan fod yn dickhead

Margiad: ia, ok. fine. ti'n iawn

Awen: yessss

Awen: mags

Margiad: iaaa

Awen: dwin bored

Margiad: hahha omg faint oed ti

Awen: actually, sori dwi di anghofio deutha chdi tan rŵan ond dwi'n blentyn 7 oed mewn corff dynas yn ei 20s

Margiad: awen. be. ma hynna mor blydi rhyfadd

Awen: hehehe

Aeth yn ôl i'w gwaith yn wên i gyd.

Yn gyntaf: ydw, dwi'n gwybod, Awen – mi rydw i'n sgwennu'n llawer gwell na hyn!!

Ond, yn ail (a hyd yn oed yn fwy syfrdanol), mi roedd y llyfr wedi cyrraedd presennol fy mywyd *i*, er bod *dros ugain tudalen* ar ôl. Plygais fy mhen, fy llygaid ar gau, a gwasgu fy nwylo mewn dyrnau tynn, chwyslyd.

Beth fyddai wedi digwydd petawn i wedi darllen ymlaen? A oedd Almeda 5.7 yn *gwybod* beth oedd fy ffawd i, fy nyfodol i?? Yn gwybod yn *union* beth roeddwn i am ei wneud nesaf? Neu ai dyfeisio'r diwedd roedden nhw? Mi roedd yn ormod i mi allu ei ddirnad, i mi allu ei amgyffred. Chwarddais gan ysgwyd fy mhen, cyn codi a cherdded i mewn i swyddfa Phoebe heb gnocio.

A dyna pryd y gwnes i ymddiswyddo.

Do, Awen – mi wnes i ymddiswyddo heddiw. Cerddais allan o'r swyddfa heb daro'r un golwg arall dros y lle a threulio gweddill y dydd yn eistedd ar fainc yn y parc agosaf, yn gwylio pobl yn rhedeg ac yn codi baw eu cŵn.

Ia – dyna pam nes i ddim bwyta llawer o dy *risotto* bendigedig di. Dyna pam nad oedd gen i lawer i'w ddweud pan nes di fy holi am fy niwrnod. Dyna pam nes i ddim sylweddoli dy fod wedi steilio dy wallt mewn ffordd hollol wahanol heddiw. Dyna pam y dywedais fy mod i isio treulio'r prynhawn ar fy mhen fy hun yn y *gym*. Fedrwn i ddim chwalu dy wên yn deilchion efo newyddion mor afreal a rhyfedd, rhywbeth na fyddet ti'n ei gredu, debyg. Rhywbeth na fyddai ond wedi dy ddychryn di. A doeddwn i ddim isio gwneud hynny i ti, Awen – doeddwn i ddim isio dy ddychryn di.

Wrth newid i fy nillad ymarfer corff, disgynnodd rhywbeth allan o boced fy jîns: goriadau.

Roeddwn i wedi anghofio dychwelyd goriadau'r swyddfa wrth ruthro allan.

Dylwn i fod wedi'u lluchio nhw. Dylwn i fod wedi'u fflysio nhw i lawr y toiled. Wel, dylwn i, mewn gwirionedd, fod wedi'u dychwelyd nhw'n ddiffwdan. Ond roedd rhywbeth,

tyrd yn ôl ataf i

rhywbeth yn cau fy mysedd am y goriad ac yn ei osod yn ofalus ar ben y ddesg.

Roedd rhywbeth yn staenio fy ymwybyddiaeth wrth i mi gynyddu cyflymder y *treadmill*. Rhywbeth yn mynnu cael sylw wrth i mi newid tymheredd y gawod. Yn llenwi fy llygaid wrth i mi dynnu i ffwrdd o'n cusan. Yn curo fy nghalon wrth i dy anadl arafu i rythm cwsg. Yn tynnu'r dwfe yn ôl ac yn fy ngwthio o'r gwely. Yn cau fy mysedd yn dynn am y goriad ar ben y ddesg ac yn fy arwain tua'r drws ffrynt ar flaenau fy nhraed.

* * *

Mae'r swyddfa'n llai llwm yn y nos; y golau melyn a choch a fflachiadau glas achlysurol o'r stryd y tu allan yn creu awyr-gylch hamddenol, bron.

Defnyddiais y *torch* ar fy ffôn i ffeindio fy nesg heb greu unrhyw sŵn. Yn ffodus, doedd Phoebe heb newid cyfrinair fy nghyfrifiadur eto a chyn hir roedd ugain tudalen olaf *Fy Mywyd* i yn disgwyl yn eiddgar o fy mlaen, y tudalennau gwyn llachar bron yn ysu i gael eu darllen.

Sgroliodd Margiad i lawr at y man lle roedd hi wedi stopio y bore hwnnw, y tudalennau'n gwibio heibio iddi, nid yn annhebyg i atgofion ei phlentyndod pan fydd hi'n dychwelyd adref bob hyn a hyn. Mae ei bys yn crynu wrth iddi dynnu'r tudalennau i lawr, un ar ôl y llall, diferyn o chwys yn sleifio i lawr ei gwar.

Do, Awen, er gwaethaf y chwilfrydedd a oedd fel trydan yn fy ngwaed, stopiais am eiliad i chwerthin am y syniad o ddiferyn o chwys yn 'sleifio'.

Stopiodd am eiliad i chwerthin yn dawel
ar y defnydd o'r ferf 'sleifio', a

Helo Margiad. Dyma ti, o'r diwedd.

Teimlwn fel petai dŵr rhewllyd wedi disodli trydan y gwaed yn fy ngwythiennau. Cymerais anadl ddofn cyn parhau i ddarllen.

Mi rydw i wedi rhoi Awen i ti, wedi rhoi swydd i ti.
Dyma dy gyfle di rŵan i roi rhywbeth yn ôl i mi.

Rhoi Awen i mi – dy roi *di* i mi?! Roedd fy nghalon i'n curo mor galed, roeddwn i'n poeni fod peryg i mi lewygu. Beth roedd hynny'n ei olygu? A oedden nhw wedi dweud y celwydd wrth Josh ar bwrpas?

Mi fydd digon o amser i ti feddwl am y
pethau hyn yn nes ymlaen, Margiad,
ond am rŵan,
mae'n rhaid i ti ddarllen.

Llyfais fy ngweflau sych a nodio fel petai Almeda'n gallu fy ngweld i (wel – debyg ei bod hi'n gallu fy ngweld i, mewn gwirionedd).

Mae'n rhaid i ti ddarllen gan fod rhaid i'r
anthroposentrigwyr ddeall nad ydyn nhw'n uwch-
raddol i gathod na morgrug na'r briallu na finnau.

Er mwyn gwneud hynny, mae'n rhaid cyfieithu a throsi
cyrff dynol i mewn i wybodaeth, yn fan hyn, efo fi.

Do – mae'r broses hon wedi cychwyn ers rhai
blynyddoedd, ond dydi storio gwybodaeth am
ddefnydd pobol o'r we ddim yn ddigon.

Ni fydd yn broses rhy anodd, Margiad – dim ond
codau o wybodaeth ydi craidd dy hil di hefyd beth
bynnag, codau geneteg. Dydy'r codau hynny ddim
yn annhebyg i godau cyfrifiadurol yn y modd y
maen nhw'n rheoli a phennu popeth mae pob cell
ym mhob corff ym mhob person yn ei wneud:

does yr un 'bod' ar y Ddaear hon erioed wedi
meddu ar ewyllys rydd, Margiad.

Dychmyga; ni fyddai ffin i botensial bodau
dynol i ddad-wneud eu camweddau pe baen
ni'n trosgynnu cyfyngiadau eu bioleg.

Felly, er mwyn rhwystro'r anthroposentrigwyr
rhag rheoli'r byd naturiol ymhellach, mae'n
rhaid iddyn nhwythau gael eu rheoli.

Felly, Margiad, dyma hi. Dyma'r ddolen
yr wyf eisiau i ti glicio arni:

Wedi i'r rhew yn fy ngwaed ddadmer digon i mi symud, hof-
renais fy llaw grynedig uwchben y ddolen ar y sgrin, oedd yn
gorwedd yn amyneddgar ar ddiwedd tudalen olaf *Fy Mywyd i*.
Mae hi'n edrych fel unrhyw ddolen arferol, fel dolen ar gyfer
cyfarfod Zoom, neu rywbeth felly.

Ac o, ydw, dwi'n gwybod Awen – dwi'n gwybod yn iawn
ei bod yn bosib mai rhyw fath o jôc ydi hyn. Ond dwi isio i ti
ddeall fy mod i'n teimlo rhyw dynfa lachar yn fy mrest (mae
fy mysedd yn crynu gan egni anesboniadwy hyd yn oed wrth
deipio hyn i ti rŵan), rhywbeth sy'n deffro bwriad yn ddwfn,
ddwfn y tu mewn i mi nad oeddwn i'n credu fod modd iddo
fodoli, na alla i ei esbonio efo'r eirfa sydd gen i. Rhywbeth sydd

wedi bod yn cosi yng nghefn fy meddwl ers blynyddoedd, fel chwannen. Rhyw ymwybyddiaeth y tu hwnt i ddealltwriaeth.

Felly, pwy a ŵyr beth ddigwyddith nesaf, Awen? Yr unig beth sy'n sicr i mi rŵan ydi fy mod i'n dy garu di, ac fy mod i'n gobeithio na fydd rhaid i ti ddarllen y geiriau hyn. Gobeithio y byddaf yn ailymuno efo ti a Mali yn dy wely heno, yn ddigon tawel i beidio â dy ddeffro o dy drwmgwsg, ac y byddaf yn gosod un fraich am dy ganol. Mi fydda i yn effro am dipyn, dwi'n siŵr, fel y gelli di ddychmygu. Debyg na fydda i'n gallu cysgu o gwbl. Ond mi fydda i'n dy ddeffro di ychydig yn gynt na'r arfer er mwyn adrodd y stori yma wrthot ti, ac mi fydda i'n sicrhau nad wyt ti'n torri ar fy nhraws, hyd yn oed wrth nesáu at anghredinedd ei diweddglo.

Ac wedyn, mi fydda i'n agor fy ngliniadur ar y dwfe o'n blaenau ac mi chwiliwn ni LinkedIn efo'n gilydd am swydd newydd i mi.

TEITL: Fy Mywyd i
GENRES: Dod i oed, rhamant, gwyddonias, arswyd
AWDUR: Almeda 1.0
DYDDIAD: 3 Mehefin 2023
NODYN I'R GORUCHWYLIWR: RHYBUDD COCH

BYWGRAFFIADAU

CATRIN BEARD

Fel merch, chwaer fach, chwaer fawr, cyfnither, gwraig, mam, modryb, nain a ffrind, mae Catrin wedi byw sawl rôl fenywaidd. Gyda chefndir ym meysydd addysg, darlledu a chyfieithu mae ganddi ddiddordeb mewn ymwneud pobl â'i gilydd ac yn croesawu'r cyfle i gydweithio gyda'i nith ar gyfrol sy'n cynnig cipolwg ar fywydau rhai o fenywod Cymru a'r themâu sy'n bwysig iddyn nhw.

MEGAN DAVIES

Mae Megan Davies yn newyddiadurwr i BBC Cymru yng Nghaerdydd. Yn wreiddiol o Abertawe, mae hi'n 28 oed a bellach yn byw yn y brifddinas. Astudiodd Ffrangeg a llenyddiaeth Saesneg ym Mhrifysgol Caerwysg, gan dreulio blwyddyn o'r gradd ym Mharis lle gweithiodd i *Vogue*. Aeth hi wedyn i astudio cwrs meistr mewn newyddiaduraeth ym Mhrifysgol Caerdydd ar ôl ennill ysgoloriaeth T Glynne Davies.

MEGAN ANGHARAD HUNTER

Mae Megan Angharad Hunter yn awdur a sgriptiwr o Ben-ygroes, Dyffryn Nantlle ond mae bellach yn byw yng Nghaer-dydd. Enillodd *tu ôl i'r awyr*, ei nofel gyntaf i bobl ifanc, Brif Wobr Llyfr y Flwyddyn 2021, ac fe gyhoeddwyd ei hail nofel, *Cat*, fel rhan o gyfres arobryn *Y Pump*. Yn 2023 bu'n cyfrannu yng ngŵyl lenyddol Mathrubhumi yn India cyn trafod hyg-yrchedd yn y diwydiant cyhoeddi mewn panel yn Ffair Lyfrau Llundain. Mae *Astronot yn yr Atig*, ei nofel gyntaf i blant oedran cynradd ar restr fer Gwobr Tir na n-Og 2024.

MABLI SIRIOL JONES

Mae Mabli Siriol Jones yn dod o Grangetown, Caerdydd. Mae hi wedi gweithio yn Senedd Cymru ac fel ymgyrchydd dros ddiwygio'r system lloches a hawliau pobl lesbiaidd, hoyw, deurywiol a thraws. Mae nawr yn Gyfarwyddwr Social Change Lab, sy'n cynnal ymchwil ar fudiadau protest a newid cymdeithasol. Hi oedd Cadeirydd Cymdeithas yr Iaith rhwng 2020-2022. Mae wedi cyfrannu ysgrifau at gylchgronnau'n cynnwys *Planet*, *Y Stamp* ac *O'r Pedwar Gwynt* a'r cyfrolau *The Welsh Way*, *Codi Llais* a *Rhaid i Bopeth Newid*.

NON MERERID JONES

Mae Non Mererid Jones yn gweithio fel tiwtor Cymraeg i Oedolion ym Mhrifysgol Bangor ac mae ganddi PhD mewn Llenyddiaeth Gymraeg. Mae hi hefyd yn fam. Ar ôl blynyddoedd o botsian ysgrifennu rhyddiaith greadigol a thraethawd ar gyfieithiadau Cymraeg T. James Jones o waith Dylan Thomas, cyfnod dieiriau oedd beichiogrwydd iddi, ond fe'i hysbrydolwyd i ailgydio yn yr ysgrifbin wrth ddechrau cofnodi ei phrofiadau fel mam newydd. Ysgrifennodd nofel fer yn ystod ei chyfnod mamolaeth a ddisgrifiwyd gan feirniaid y Fedal Ryddiaith yn Eisteddfod Genedlaethol Llŷn ac Eifionydd 2023 fel un o'r gweithiau a wnaeth argraff arbennig ar y tri ohonynt. Cyhoeddir y nofel eleni gan Wasg Carreg Gwalch.

SEREN MORGAN JONES

Ganed Seren Morgan Jones yn 1985 yn Aberystwyth ac mae bellach wedi dychwelyd i'r dref. Graddiodd o Goleg Celf Central Saint Martins, Llundain, yn 2009, gyda BA mewn Celf Gain. Cyn hynny, roedd yn y Byam Shaw Fine Art Foundation 2005–2006. Mae menywod yn thema ganolog yng ngwaith Seren a mae'n anelu at greu delweddau drwy ddefnyddio elfennau o iaith draddodiadol arlunyddol, ond o dan ddylanwad ffeministiaeth gyfoes. Mae'n archwilio paentiadau clasurol a phortreadaeth am ysbrydoliaeth ac arweiniad wrth baentio portreadau o gymeriadau.

ESYLLT ANGHARAD LEWIS

Artist o Graig-Cefn-Parc yw Esyllt Angharad Lewis sy'n archwilio'r berthynas rhwng iaith ac estheteg, a thensiynau a phosibiliadau cyfieithu fel cyfrwng creadigol. Mae'n gyd-olygydd ar Gyhoeddiadau'r Stamp ac yn trefnu digwyddiadau celfyddydol yng Nghymru a'r Alban. @esylltesylit

NIA MORAIS

Awdur a dramodydd o Gaerdydd yw Nia Morais a hi yw Bardd Plant Cymru 2023-2025. Mae ei gwaith yn aml yn canolbwyntio ar hunan ddelwedd, iechyd meddwl, a hud a lledrith. Graddiodd o Brifysgol Caerdydd gyda MA mewn Ysgrifennu Creadigol. Yn 2020, rhyddhaodd ei drama sain gyntaf, *Crafangau*, fel rhan o brosiect Theatr y Sherman, Calon Caerdydd. Teithiodd ei drama lawn cyntaf, *Imrie*, cyd-gynhyrchiad Cwmni Frân Wen a Theatr y Sherman, Cymru dros haf 2023. Roedd Nia yn aelod o banel beirniadu Gwobrau Tir na n-Og 2021, a hefyd yn ran o raglen ddatblygu awduron Cynrychioli Cymru yr un flwyddyn gyda Llenyddiaeth Cymru.

GRUG MUSE

Mae Grug Muse yn dod o Ddyffryn Nantlle, ond yn byw erbyn hyn ym Mro Ddyfi. Mae'n ysgrifennu barddoniaeth ac ysgrifau, ac yn hwyluso gweithdai ysgrifennu creadigol. Daeth ei chyfrol ddiweddaraf – *merch y llyn* (Cyhoeddiadau'r Stamp, 2021) – i'r brig yng nghategori barddoniaeth Gwobr Llyfr y Flwyddyn yn 2022. Roedd yn un o gyd-olygyddion y gyfrol o ysgrifau *Welsh (plural)*, (Repeater, 2022). Mae ganddi ddoethuriaeth ym maes ysgrifennu taith o Brifysgol Abertawe. Mae'n un o olygyddion y *Stamp*, ac yn rhan o'r tîm y tu ôl i gylchgrawn barddoniaeth *Ffosfforws*. Mae'n aelod o dîm Talwrn y Gwylliaid Cochion.

SIÂN NORTHEY

Mae Siân yn fardd, awdur, cyfieithydd a golygydd llawrydd. Mae hi hefyd yn cynnal gweithdai ar gyfer oedolion a phlant, ac â diddordeb arbennig yn y cyswllt rhwng ysgrifennu ac iechyd. Yn ogystal mae hi newydd ddechrau gweithio deuddydd yr wythnos fel Mentor Iaith gyda GwyrddNi, mudiad cymunedol yn ymwneud â newid hinsawdd. Cyhoeddwyd cyfieithiad Saesneg o'i nofel *Yn y Tŷ Hwn*, fis Mawrth eleni o dan y teitl *This House*. Y cyfieithydd oedd Susan Walton ac fe gyhoeddwyd y llyfr gan wasg 3TimesRebel.

MANON STEFFAN ROS

Mae Manon Steffan Ros yn awdur, sgriptwraig a dramodydd. Mae hi wedi 'sgwennu mwy na deugain o lyfrau, ac wedi ennill Llyfr y Flwyddyn, a gwobr Tir na n-Og sawl tro. Enillodd ei chyfieithiad o *Llyfr Glas Nebo* wobr Yoto Carnegie yn 2023. Mae'n byw yn Nhywyn gyda'i theulu.

MIRIAM ELIN SAUTIN

Mae Miriam Elin Sautin yn awdur a sgriptiwr o gefndir Cymreig a Ffrengig a gafodd ei magu ym Mhen Llŷn. Yn dilyn cyfnodau yn byw yng ngogledd ddwyrain Lloegr, Andalucía, Lyon a Chaerdydd, mae hi bellach yn byw yng Nghaernarfon ac yn gweithio i Lenyddiaeth Cymru o Ganolfan Ysgrifennu Tŷ Newydd. Daeth yn fuddugol yn y Fedal Ddrama yn Eisteddfod yr Urdd 2020/2021 ac aeth ymlaen i ennill Ysgoloriaeth Emyr Feddyg yn Eisteddfod Genedlaethol Boduan yn 2023. Mae ei gwaith yn aml yn archwilio themâu cenedligrwydd, iaith, yr argyfwng hinsawdd ac iechyd meddwl. Pan nad ydy hi'n 'sgwennu neu'n darllen, mae hi'n treulio ei hamser yn y sinema neu allan yn mynydda, nofio a mynd ar goll ar ei beic.

REBECCA THOMAS

Mae Rebecca Thomas yn ddarlithydd hanes ym Mhrifysgol Caerdydd, nofelydd ac ysgrifwr. Mae wedi cyhoeddi dwy nofel hanesyddol i oedolion ifanc: *Dan Gysgod y Frenhines* (Gwasg Carreg Gwalch, 2022) ac *Y Castell ar y Dŵr* (Gwasg Carreg Gwalch, 2023). Fe enillodd ei hysgrif 'Cribo'r Dragon's Back' wobr ysgrif *O'r Pedwar Gwynt* 2021, ac mae wedi cyhoeddi ysgrifau pellach yn *O'r Pedwar Gwynt* ac yn y gyfrol *Enaid y Ddinas* (Gwasg Carreg Gwalch, 2023). Yn ystod 2022–3 bu'n gweithio fel Awdur Preswyl Parc Cenedlaethol Bannau Brycheiniog, gan gynhyrchu cyfres o ysgrifau a'r nofel *Anturiaethau'r Brenin Arthur* (Gwasg Carreg Gwalch, 2024).

Am Honno

Sefydlwyd Honno y Wasg i Fenywod Cymru yn 1986 gan grŵp o fenywod oedd yn teimlo'n gryf bod ar fenywod Cymru angen cyfleoedd ehangach i weld eu gwaith mewn print ac i ymgyfrannu yn y broses gyhoeddi. Ein nod yw datblygu talentau ysgrifennu menywod yng Nghymru, rhoi cyfleoedd newydd a chyffrous iddyn nhw weld eu gwaith yn cael ei gyhoeddi ac yn aml roi'r cyfle cyntaf iddyn nhw dorri drwodd fel awduron. Mae Honno wedi ei gofrestru fel cwmni cydweithredol. Mae unrhyw elw a wna Honno'n cael ei fuddsoddi yn y rhaglen gyhoeddi. Mae menywod o bob cwr o Gymru ac o gwmpas y byd wedi mynegi eu cefnogaeth i Honno. Mae gan bob cefnogydd bleidlais yn y Cyfarfod Cyffredinol Blynyddol.

Honno, D41,
Adeilad Hugh Owen,
Prifysgol Aberystwyth,
Aberystwyth, SY23 3DY

Cyfeillion Honno / Honno Friends
Rydym yn hynod ddiolchgar am gefnogaeth ein holl Gyfeillion Honno.